re lire
重光

书写而世界　阅读以介入

eons
艺 文 志

光从哪里来

远子 著

上海文艺出版社

目 录

有福之人　　　　/1

地下的天空　　　/53

倒水河　　　　　/137

冬　眠　　　　　/197

有福之人

那是虚伪、说谎的神祇猖獗的时期。

——但丁

当我闭上眼睛,时间好像流逝得更快了。那个我中学时代用过的机械闹钟依然可以正常运转,拧紧发条后,钟面上那只黄色的老母鸡便不知疲倦地向身后的两只小鸡示范如何进食。失眠的夜里,指针的走动总是越来越重,最终掩盖夏夜里的生灵因不甘寂寞弄出的一切响动,成为房间里唯一的声音。听的时间久了,这切割声仿佛在搅动空气,为我带来一丝清凉。天气燠热,我却没有打开空调,冷气总是让我着凉。我也不知道为什么我的身体会变得如此虚弱,尽管它才二十二岁。

家乡的太阳带着一种压迫感,像是要用热浪将行人击倒在地。上海的夏天也很热,但毕竟偶尔能得到海风的缓解。从哲学系毕业后,我在上海找了一个多月的工作,那些给我面试机会的公司大多隐身于大大小小的写字楼里,每一位面试官都带着受过训练的微笑,请我回去等待那个根本就不会到来的消息。终于我耗尽了耐心,决定回老家黄安休息一阵子。刚开始我还会去母亲的小超市帮忙收银,接受邻居们不怀好意的问询,他们早就依据工作性质和工资收入给年轻人划分了等级，而读了这么多年书如今却连一份工作都找不到的我，显然处于这个评价系统的最底层。渐渐地，我再也受不了他们那已然转为同情的目光，便决定不再出门。又到了开学的季节，我却成了一个失去学生身份的人，而我猛然发现，活了这么久，我唯一擅长的事就是念书。坐火车回上海的勇气消失殆尽，我索性叫大学室友齐林将我留在他家的书寄了回来。他问我要不要再考虑一下，一旦离开，就很难再回去了。我说我也想留在上海，可惜上海不这么想。

母亲的腿脚好像没有以前利索了，每次俯身捡东西都要用手扶住腰，但她还是像从前那样照顾我的饮食起居。每天早上她都会把我打算攒到一起洗的衣服洗掉。饭菜做好，她就敲门喊我出去吃饭。关于我的待业，她只字不提，仿佛这是一桩见不得人的丑闻。不过每次我从房间走出来时，她的脸上总是挂着欲言又止的表情，一旦遇上我的视线，眼角还会像做了亏心事一样闪过一丝慌张。相比之下，王希文的关心更为直接——是的，王希文是我的姐姐，可她大概已经忘了这一事实，更愿意以她更为在乎的高中老师的身份和我讲话。

"要不你去见见方老师，也许他能给你出主意，他一直惦记着你，前两天还问起你。"周日的下午，王希文又来给我出谋划策，她的身体略显生硬地倚在我的书桌上，装出很放松的样子。

"我的事不用你操心，"我已经猜到了她的提议，便说出在心底默念过的台词，"你居然还没有看清他的真面目，真不知道你中了什么邪。"

"总有一天你会明白的。"这话有点预言的意味，她却说得并不坚定，迟疑片刻后，她坐到椅子上，随即又像被针刺到一样迅速起身，快步逃出房间。母亲喊她留下吃饭，她摇摇头，拿起手提包出了门。

话说出口比我想象中的要重得多，我犹豫着要不要走到窗前，看她离去的背影，仿佛这样可以弥补些什么。我听见院子里有一个熟人和她打了一声招呼，却没有听见她的回应。所以我又等了一会儿，心里默念着书桌上的书名，直到每个字都静下来才起身。外面早已没有了人，悬铃木的叶子在阳光的直射下绿得有些不真实。我心想她终究是我的姐姐，而我似乎也习惯了忘记这一事实。

人年轻时总是渴望偶像，尤其是父亲死得早的话。和黄安县的许多学生一样，我曾崇拜过先后教过王希文和我的方老师。他带的班级始终保持整个黄安县"一本"大学录取率的最高纪录，没有哪个家长不想让自己的孩子成为他的学生。尤为特别的是，尽管县城几乎所有人都认同甚至信赖体罚之于教育的必要性，他却从不打骂学生，不管谁犯下什么样的错误，他都能耐心劝说、安慰和鼓励。他的个子虽小，跟康德差不多高，嗓音却很洪亮，大家提起他，首先想到的就是他那清澈有力的电台播音员般的声音。

我念的"一中"是县城的重点高中，据说是由一位革命家创办的，所以长征精神成为它的底色。学校要求学生每天早上五点半起床，晚上十点半熄灯，早中晚饭各有半小时，每周日下午休息半天，每月"月考"结束后才有两天的"月假"。而方老师要求我们五点一刻起床，早饭和午饭只吃二十分钟，取消周日下午的休假，"月假"也只放一天半。这样一年下来，我们就能比别的班级多出许多学习的时间。一天不是24小时，而是1440分钟，这是方老师的名言。

学校一直在扩建，操场却没有变大，无法容纳所有班级一起晨练，一部分班级便由各自的班主任带着往校外跑。每天早上五点半，方老师准时带领我们晨跑，目的地是附近烈士陵园里的那片无名红军墓。当我们跑到墓地前，学校操场就会传来运动员进行曲，在这激昂而又有些缥缈的伴奏声中，我们跟着方老师高喊各种口号："两眼一睁，开始竞争"，"生前何必久睡，死后自会长眠"，"革命尚未成功，同志仍需努力"……去烈士陵园晨练的人看到我们，总是面带微笑掏出手机给我们拍照。现在回想起来，这个画面颇有些诡异和讽刺，但在当时，我和大家一样，沉浸在集体主义的热情之中，为自己能成为别人的风景而感到自豪。我们像传销组织里的学员一样坚信为了一个无比美好的未来，当下的一切付出与牺牲都是值得的。

没有人会怀疑方老师的热情与真诚。到得比谁都早的他，晚自习后又总是最后一个离开教室。除了自己掏钱给贫困生买文具、辅导书和冬天的大衣，他甚至帮他们垫付学费，可是听说他家连台电视机都没有，他一直在用的是那款在我们看来可以直接摆进博物馆的老人手机。也许正因为此，他的妻子终于无法忍受，几年前带着女儿改嫁去了外地，这样一来他也正好将需要帮助的学生接到自己家里住。

享受到这种待遇的同学叫刘卫东，他虽然是班上个子最高的，走起路来却总给人一种畏手畏脚、矮人一等的感觉。原因也很明显，他的成绩排名每次都是倒数第一，按语文老师的说法，他以一己之力拖住了全班同学的后腿。"一中"有一条全县人民熟知的不成文规定：中考分数在自费线和录取线之间的学生想要进来，必须按一分一万块的定价补缴学费之外的差价。据说，刘卫东是花了十九万踩着自费线进来的，而这笔钱是否值得花也成为其父母吵架的引子。终于他们认为破碎的感情没必要撑到高考结束，干脆就闹起了离婚，每天在家大打出手。为了让刘卫东安心学习，几乎把家当宿舍的方老师便让自己多了一个室友。那阵子，瘦小的方老师后面总是跟着那个高大的刘卫东，那画面一度让我想到误养了杜鹃鸟的云雀。我注意到刘卫东的腰挺得笔直，仿佛恢复了身高。

方老师的办公桌前总是站着哭丧着脸的学生，和其他班被叫去教师办公室的学生不同，他们不是在受训，而是主动去寻求帮助或请求原谅的。他很尊重我们犯下的错误，甚至有点喜欢借机去我们封闭的心灵做客。虽然教的是数学，他却给人留下了博学的印象，讲起道理来没有什么说教的意味，好像都是肺腑之言。我记得当时大家不管遇到什么问题都喜欢找他，甚至包括感情苦恼。他不鼓励早恋，却也不阻挠，这是他最受其他老师诟病的一点。

曾有家长无意间发现自己优秀的女儿在谈恋爱，就拿着情书跑到方老师那里，要求消除影响。谁都没想到，据方老师自己转述，他告诉那个家长："这种感情再正常不过，只不过有些孩子擅长隐藏，有些孩子急于表达。我一直劝孩子们要把这种感情藏好，等它足够成熟、完满，再释放出来。但是，一旦他们真的捅破了那层纸，我们也不要害怕它会失火。只要加以引导，我们完全可以将这种激情转化为学习的动力……"他也的确是这么做的，在找到两名学生长谈后，他将两人的座位调到一起，让他们朝夕相处，只是要求他们尽量保持低调。那个成绩较差的男生自此以后发奋学习，最后竟真的和那个女生一起考上了同一所重点大学。对那些渴望爱情的中学生而言，这个浪漫的故事已成为方老师教学神话中的华彩篇章。

我那时也问过方老师一些问题，虽是些真实的念头，但现在想来，还是有炫耀和刁难的意思。我曾问他："既然人终有一死，那活着又是为了什么，死亡难道不会将一个人一生的劳作和成就一笔勾销？"听完我的提问，方老师的嘴角露出那种仿佛遇见知音般欣慰而又带着一丝紧张的笑意，他是一个擅长微笑的人，可以为每一个人准备一份贴切的笑。"这个问题我也思考了很久，但老实说，我没有确定的答案。因为死是不可逆的，它不是人类的经验。而很显然，我还没有死过，"笑出声后，他脸上的表情忽然变得凝重起来，"但是我想，生命的意义或许就在于具体的过程而非抽象的目的，我们要爱鲜活的生活瞬间甚于去爱模糊的整体人生。人在不同的阶段有不同的任务，你现在的职责就是认真学习，备战高考。只有活在当下才是真实的，回忆过去、幻想未来都会将我们推入虚幻的焦虑之中。你有精力思考离你那么远的死亡，还不如多背一个单词，多做一份习题，多睡一个好觉，这些事情才是和你当下的生命息息相关的，你要抓住你眼前的东西。"虽然方老师说他没有答案，但在当时的我看来，这就是最好的回答。我甚至专门买了一个笔记本用来收集他的语录，这个笔记本一直留在我的书架上，写这篇回忆录时，我直接从中摘抄了许多句子。

方老师的拿手好戏是每周一次的班会，他像话剧演员一样在讲台上来回踱步，那些发人深省的句子就那样不疾不徐地流淌出来，折扇一般缓缓延展，整个教室都沐浴在他的话语之流中。几乎所有学生都期待班会课的到来，连平时上课最容易犯困的学生都坐得像韭菜一样直，认真做着笔记。下课铃声的响起则总是伴随着一阵由叹息声组成的轰鸣，大家都在感慨一节课的时间竟过得这么快。他讲得最多的自然是高考，在他看来，高考是科举制的现代版本，而科举是中国人的伟大发明，它为所有平民提供了跨越阶级、改变命运的机会。这种对平等的追求，在西方始终停留在理论层面，而在中国，从科举制到高考，它是延续了一千多年的历史实践。中国没有西方那样的哲学家，是因为有学识的人都在做官，他们忙着践行自己的政治理念，以至于根本没有时间像西方人那样坐在书斋里构建抽象的理论体系。

"高考甚至比科举制更公平，它完全实现了分数面前，人人平等。没错，国外有些大学招生时还会看你的业余爱好,但是琴棋书画是有钱人才玩得起的,国内大学的招生不看家庭背景,只论高考成绩,这很可能是全世界最公平的选拔机制。最重要的是,同学们,你们要知道,"他爱用文雅的书面语,而这恰好满足了中学生对于知识分子的想象,"高考消灭了青春的虚无。一切都没有意义,活着就是受罪,人生毫无乐趣:一旦年轻人被这些负面情绪占领,他们就会被困在由这些消极结论组成的坚不可摧的牢狱里。这是一种普遍流行于西方年轻人之间的时代病症,它像病毒一样从一个国家传到另一个国家,青少年的自杀率也因此不断攀升。这种病在我们这里却很少见,为什么?因为我们有高考,高考为所有年轻人指明了方向,填充了他们那易受虚无腐蚀的心。对于这样一种教育制度,所有中国人都必须心存敬意……"

如果他的高考主义哲学只是被我们班听到,未免有些浪费,校领导也注意到了这一点,便为他提供了"百日誓师大会"这一更大的舞台。作为这一仪式的指定演讲人,他身穿白色短袖衬衫,皮鞋擦得发亮,稀疏的头发打上发胶后显得精神抖擞。借助观礼台上特意为他调低的立式麦克风,我们全年级两千多双耳朵有幸聆听了他的布道。

"同学们,这个可怕却又伟大的日子终于要来了。"他的语气并不高昂,反而透着一丝悲哀,仿佛在宣告一个坏消息，在巡视了一遍台下黑压压的人头后，他才继续说道："这个日子是对你们过去十二年学习生涯的高度总结，更是开启未来生活的恢弘的序曲。不管结果如何，它都将改写你们此后的人生。但是在此之前，你们仍然需要再努力拼搏一百天。你们要拿出半条命来备战高考，我们不要你们的一条命，就我所知，还没有谁因为学得太苦而丧命的。我这么说可能有些残酷，但是同学们，你们要知道，这暂时失去的半条命会重新长回来，并为你此后的人生注满生命的活力。经历过高考的人是有福的，在这之后，你就拥有了无穷无尽的力量源泉。同学们，在和平年代，我们应该感谢高考为我们提供了这样一个磨练心智的战场。尤其我们黄安县的学生，更应心存感激，有了高考这条高速公路，我们才能走出这片贫瘠的土地，去追求心灵的富饶……"

放眼望去，操场边、看台上、栏杆外挤满了前来旁听的人，方老师的声音像钟声传遍了学校的每一个角落。我感到所有人都和我一样，心一点点地提到嗓子眼，几乎就要冲出来。在这种近乎迷醉的心理中，谁也没有留意那个经常在学校周边漫游的哑巴忽然冲上讲台给方老师戴上了一个手编的柳条冠。两名保安急忙赶过去把那个哑巴往台下拖，方老师则冲上去把他们的胳膊从哑巴身上解开，示意让他们动作轻一点。他回到麦克风前,继续他的演讲,一直到演讲结束,他才想起头上还戴着那个柳条冠。这顶"帽子"不但没有减弱演讲的效果,反而令会场的气氛有了古典戏剧般的庄严,他的发言似乎也因此变得更加深刻,令人信服。

动员大会结束后,大家提起自己的凳子走回教室,我听见有人在小声抽泣,转身一看,原来是刘卫东,他一开始还拿拳头堵住嘴,后来还是没忍住。他的哭声引得其他正在努力抑制眼泪的同学也跟着哭了起来,走到教室时,大家的眼眶湿得像刚奔过丧。我相信这正是方老师想要的效果。"哀莫大于心死,"他总是这样说,"眼泪是生命力的证明,是人性的证明,能哭说明你还没有麻木,还有顽强的斗志。哭吧,大声点!会哭的人才能一直笑到最后!"所以每回月考成绩出来,教室里总是哭成一片,有的女生还会抱在一起哭。方老师则带着事先备好的纸巾,像救济穷人的牧师一样,一张张地分发下去。

在我事后的回忆里,他还有一个"秘密武器"。虽然他从未和我们讲过他的心脏病,但消息在高二开学后不久还是不胫而走,偶尔看到他捂住胸口,大家都会紧张不已。带我们的那两年里,他的病只复发过一次。那天晚自习,第一排靠窗位置的两个男生不知为什么争吵起来,他们彼此咒骂,声音越来越大,在拿对方的书撒了一阵气后,终于演变成肉搏。两人的桌子翻倒在地,书籍和试卷撒得到处都是。血从其中一个男生的头上流下来,染红了他的整只右耳。他们互相架住对方的臂膀,像两头公牛一样直喘粗气,鼻孔忽大忽小,恶狠狠地瞪着对方。看到方老师走来的瞬间,他们却像事先约定好一样同时松手。方老师一言不发,带那个受伤的男生去医院包扎。

　　回来后他坐在讲桌前沉默良久,才用低沉的声音说:"我没想到这种事会发生在我们班上,我和你们说过很多次,你们都是人,是中国人,是黄安人,是同班同学,为什么还要彼此伤害呢?本是同根生,相煎何太急?我教了这么多年书,这种恶性事件还是头一次遇见,这只能说明我对你们的教育是彻底失败了,我今晚就写辞职信,引咎辞职……"他越说越气,忽又停住,趴在讲桌上大口喘气,额头上渗出大颗汗珠,教室随即陷入坟墓般的寂静。我意识到老师可能是病发了,身为团支书的我,连忙叫上班长,轮流背着方老师下楼。一路上我们都没有打到出租车,好在方老师很轻,医院又离学校很近,步行几分钟就到了。那个施暴的男生跟在我们后面,一路上都在向方老师道歉,快到医院时,他还狠狠抽了自己几个耳光,哭着说,他以后再也不会这样了。方老师也哭了,他哆嗦着发紫的嘴唇叫那个学生不要自责,错在老师不该乱发脾气。

就这样，方老师教出来的学生几乎全成了他的信徒，我也曾是其中的一员。离开那个被群山包围的贫困县后，我才一天天从那种无知的狂热中清醒过来。室友齐林是上海人，从他那我才知道，他们读高中时每周双休，不上早晚自习，还有很多兴趣班可以上，升学率却比我们高得多。大一上学期，新校区的图书馆还没建好，课后我天天泡在机房上网，有天我无意间看到一套上海的高考试卷，惊讶地发现他们的题目和我们的相比，实在是太简单了，我相信即使让刘卫东来做，也能过"二本"线。就算不考虑地域不公的问题，高考制度也不可能是公平的，其实质无异于将一些身体状况较好的人用一种并不科学的方式选拔出来享受更好的医疗服务，这种制度根本不会产生什么力量的源泉。大学同学里有好几个也是从山东、河北、河南等高考大省的偏远县城考来的，同样经历过残酷的高考大逃杀，但他们和其他同学一样，沉迷于网络游戏、体育赛事和成人电影，靠临时抱佛脚和多次补考才勉强拿到毕业证书，度过了浑浑噩噩的四年。临近毕业时，同届的学生里还有一个湖北的老乡自杀了，他先是割腕，大概嫌血流得太慢，又决定跳楼。大一的老乡会上我见过这个瘦弱的男生，据说他高考的分数可以上清华，因为胆小不敢填报才进了我们学校，而这也成为他的心病。听到他死讯的那个晚上，我很想打电话问问方老师，他对此怎么看。

后来我才听说，那个经常出没于学校周边的哑巴乞丐原来是方老师多年前教过的一个学生。学习成绩优异的他每天早上第一个冲到操场上大喊三声"我要上北大"，而这种野心最终压垮了他。在一次模拟考试的表彰大会上，原本要向同学们分享学习经验的他忽然从口袋里掏出一个塑料袋，要求在场学生把口袋里的钱全都交给他，大家需要花钱时再找他要。当被人架着往一旁拖曳时，他仍然扯着嗓子高喊："要想实现共产主义，我们必须从当下做起，共产主义一定会实现！"这句话他颠来倒去喊了好多天，最后嗓子就完全哑掉了。当我将这件事公布在班级群时，我惊讶地发现，班上居然有不少同学早就知道，而那些没有听说过的人似乎也倾向于认为这只是一场个人的悲剧：大家都学得很苦，为什么偏偏只有他疯掉了。

当然，我得承认，作为高中的班主任，为了激励学生，方老师和其他老师一样选择性目盲，也没有太多可指责的，何况他确实尽职尽责。应该说，他的形象在我心中一直维持到了两年前的夏天。

高中毕业后，同学们经常在线上通讯群里互动，对于高中生活和方老师，他们全都念念不忘：那时的日子过得虽苦，却有明确的目标，所有的问题都可以抛给方老师。不像现在，大学老师上完课夹着教科书就走了，根本不愿和学生多说一句话，他们的目标是发表更多的学术论文，评上更高的职称。随着毕业的临近，大家也越来越迷茫，不知该往哪儿走。我终于意识到，自由的确是一种重负，它将人抛入孤苦无依的境地，这些承受不了孤独的人，只能选择逃避冰冷的自由，重回温暖的集体。枷锁令人心安，他们已经习惯了戴着镣铐跳舞，一旦摘掉镣铐，反而不知道该先伸手还是先伸脚。当然了，我不会跟他们说这些废话，和许多同代人一样，我早就习惯了心里一套嘴上一套，以维持一种健康的精神分裂状态。而我逐渐察觉到，这可能才是高考真正的馈赠，没有几个人真正相信他们在试卷上写出的答案，但大家都在拼命地写，并且坚信写了总比没写好。也就是说，所有经历过高考的人事实上都变成了为达目的不择手段的马基雅维利主义者。

　　刘卫东选择了复读，而且一读就是三年，他开玩笑说自己已经爱上了一次次地参加高考，玩的就是心跳，类似于一种极限运动，但同学们都看出来了，他很可能只是想通过这种方式留在方老师身边。方老师后来一直在教"高四"，也就是复读班，只有能力出众的老师才会被委此重任，因为"一中"选择复读的人很多，而复读班的录取率更高。刘卫东现在开朗了不少，大一寒假还牵头组织了一次同学聚会，三十几个人分成三大桌热热闹闹地吃了一顿饭。面对正在训练自己男子汉气概的男生们的敬酒，方老师一开始推脱不喝，经不住劝，最后也喝了不少，还去厕所吐了。饭后大家又去KTV唱歌，在同学们的怂恿下，方老师唱了一首九十年代的经典老歌，这是大家第一次听见方老师唱歌，当他饱含深情地唱出"不经历风雨，怎么见彩虹，没有人能随随便便成功"时，有不少同学重温了他们的泪水。

在班级群里，刘卫东成了"卧底"，不时给大家通报方老师的生活动态。有一天他讲起了方老师的绯闻，说是学校新来了一名老师，她以前也是方老师的学生，现在两人走得很近，像是在谈恋爱，刘卫东无意间还撞见过两人从小树林里走出来。同学们都很兴奋，叽叽喳喳说个没完，有一个女生竟要求他拍下那个女老师的照片发到群里，让大家瞧瞧，而他居然还真的偷拍了一张。

他们不知道那个新来的老师就是我的姐姐王希文。我读大二的那年暑假，她辞掉可以落户北京的编辑工作，执意回黄安县教书。那个夏天她一直待在家里，却骗我说她这几年工作攒了很多调休的假期，而且出版社现在允许在家办公。直到她成了绯闻的主角,我才得知事情的真相,这让我很生气。

"北京的工作做得好好的,为什么要回来?难道你不知道很多人挤破了头也抢不到北京户口?"我发消息问她。

"我不喜欢北京,也不想成为北京人,那里的骗子太多,傻子根本就不够分。空气中的有毒颗粒越来越多,能见度也越来越低,只可惜我不是一个科幻文学的爱好者。再说,我的工作和你想象中的也不一样,交给我的都是些没人愿意碰的关系稿。好像社里每一个领导身边都有一帮想要出书的亲戚,而他们的作品最大的特点是错别字比较多,从不区分的地得,以及偏爱以'啊'字起头。我每天都在校对或者说改写那些狗屁不通的文章,完全是浪费生命。真的,那不是人过的日子……"没想到她给我回了一篇散文,而这里面的抒情意味越发令我气愤。

"那你可以换份工作,或是去别的城市啊,为什么一定要回到县里,空气好能当饭吃吗?"

"你不懂……"

"我确实不懂。我们读书不就是为了逃离这片土地?活在这破败的小县城,活在这无知的人群之中,能有什么出息?"

王希文用沉默抵制我的追问,我转而问她从什么时候开始有了想当老师的想法,她说从认识方老师的那一天起。其实她不说我也知道,我只是想听她亲口讲出那个人的名字,却没料到她说得那么坦荡,毫无羞耻之意。

"看来学校里的传闻是真的。"

"没想到你也这么幼稚。"

也许我确实不够成熟,在需要理性的地方,我总是感情用事,结结巴巴地说出一些想要刺伤别人最终也会戳痛自己的话。这大概和父亲的早死有关,我没来得及发展出一个冷静的"超我"。父亲在我读小学时就出了车祸,这是那种甚至都无法成为谈资的毫无意义的死。说实话,如果不是清明节扫墓,我都想不起他的样子了,他生前的沉默也加速了死后形象的消散。我忘不了父亲去世的那个下午,天气似乎很配合,阴沉得像一块脏兮兮的抹布。大伯开着平日里用来载客的面包车到校门口接我,车上坐满了正在抽烟的亲戚,姐姐也挤在这烟雾之中,她在板凳上挪了挪屁股,让出一小块给我坐,我问她出了什么事,她红着眼睛不说话,气氛相当诡异。当车开到县城郊外的殡仪馆,并传来一股至今回想起来都令我直犯恶心的烤肉味时,我才模糊地意识到是我的父亲或母亲出事了,只是我还不确定到底是哪一个。大伯领着一车人匆匆走进一间摆有两排花圈的停尸房,等到围坐在遗体旁边的陌生人带着由悲伤转入疑惑的表情望向我们时,他才发现自己走错了房间,转身去寻找有母亲守着的那一间。跟在后面的亲戚小声责怪大伯的轻率,但我知道换成他们带路,肯定也有人会出错,因为那间屋子中央摆放的遗像远看上去长得和父亲很像。这段戏剧性的插曲忽然让我觉得自己在拍电影,这种不真实的感觉一直伴随到父亲下葬之后才慢慢消失。

一家人在殡仪馆里梳理着各自的社会关系,想要尽快托人找到逃逸司机。没想到几天后,撞死他的人良心发现,选择投案自首。尤其幸运的是,这人当时在县里开了好几家网吧,颇有些家底。所以父亲不仅给我们留下了一套房子,还有用命换来的一大笔赔偿费。开在小区门口的超市便是拿这笔钱开起来的,这些年里,母亲每天忙着进货、理货、收银,成天围着超市转,谁都能看出来她比从前做家庭主妇时开心得多,甚至一度将头发染成了枫糖红棕色。母亲的生意最红火的时候,姐姐考上了北京的重点大学,我考上了县里的重点高中,我们还都拿到了奖学金。也就是说,父亲死后,我们的日子非但没有受到影响,反而变得更和谐了。

姐姐对我似乎也比从前更好了,每次放月假回来,她总是用自己攒下的零花钱给我买各种零食、文具或世界名著。我们用写作文的格子纸下五子棋,有时一整页纸快填满了都分不出胜负；我们用那种可以插两只耳机的MP3播放器听歌，听到喜欢的歌曲前奏响起，便抬起头冲对方会心一笑。我们也会去碟店租电影回家看，有回不小心租了一部试图用性来深刻揭示人性的欧洲文艺片，她本来想像往常那样跳过床戏接着看，结果发现跳完没多久又是床戏，她带着尴尬的神情手忙脚乱地将碟片从碟机里退出来的样子，现在回想起来还让我觉得有点好笑。

而一直以来，我都不敢向姐姐坦白的是，她高中时写的日记，我全都偷看过。尽管我也知道这样做不对，几次发誓戒掉，但就是沉溺其中无法自拔，有些记录身体发育的段落，我翻来倒去地看了好多次。不知道是不是有所察觉，她后来用上了带密码锁的日记本，但我很快找到了破解的方法。将日记本放到耳边，拉紧锁头滑动转盘，转到那个对的数字时它会发出一声细小的脆响。四个数字全都输对后，通向她内心的大门开了，我冲进去，看见她第一次来例假时的惶惑，看见她收到情书时既厌恶又兴奋的复杂心情，看见她对大学生活的想象，她喜欢谁讨厌谁，她的憧憬和迷茫，我全都一清二楚。所以那几年每当她出现在我面前，我便像是有了透视眼，可以穿过她的衣服、皮肤和骨肉，直视她的心灵。

高二文理科分班后，姐姐日记里出现得最多的人便是方老师。她不厌其烦地写下他那清亮动人的嗓音，两鬓像是贴上去的白发，在沉默中不受控制地抽搐的脸部肌肉。我嗅到了荡漾在字里行间的危险气息，但没有想得太深，以为她不过是想要得到一点父爱的补偿。成为方老师的学生后，他的一言一行也化解了我的猜疑。然而，王希文被他说服，从北京回县城当老师这件事终于使我明白，此人绝不是什么正人君子，他不过通过高超的心理催眠术来蛊惑学生，尤其是女学生，大家都成了精神受虐狂，成了个人崇拜的牺牲品。

我开始不遗余力地在高中班级群里揭发方某，企图打破他留在同学们心中的神话：他的认真负责不过是为了掩盖那卑鄙的真实意图，即让每一个学生迷恋他、追随他，为了享受着这种受人敬仰的快感，他不惜抛妻弃子，不惜利用自己的心脏病，不分昼夜地卖力表演。谎言说上千遍就会成为真理，他每天做的事就是不择手段地将谎言包装成真理。世间最残酷的事莫过于以爱的名义行暴力之实，而他正是一个善于用爱绑架他人的暴君。

也有几个人表示了审慎的赞同，他们说现在想想，方老师确实有点不太正常。绝大部分同学却被激怒了，有两个女生甚至很直白地指责我学了几天哲学就开始鹦鹉学舌，端起批判的武器四处乱射。而刘卫东不知从哪得知了新来的王老师和我的关系,他没有在群里公布这一消息,但他给我单独发信息告诉我,方老师的品行是有目共睹的,不要因为私人恩怨故意泼脏水,再说就算传闻是真的,那也是自由恋爱,我这个做弟弟的无权干涉。我一怒之下删掉刘卫东的联系方式,退出了班级群,决心不再理会这群井底之蛙。是的,他们根本就不配得到自由,既然他们心甘情愿做一辈子奴隶,那么请便,我要走我自己的路,我要成为一个真正的现代人。

这种雄心并未持续太久,我发现我完全左右不了自己的命运,甚至无法成为一个自食其力的人。虽然对哲学颇有兴趣,学习也算认真,但我起步太晚,在我看来,从小学到高中十二年的教育不仅毫无益处,还在我的脑海里埋下了很多互相缠绕的错误印象和观念,光是纠正它们就要耗费许多时日。大学老师也没有什么真才实学,他们最擅长的事是鄙视其他学科以及互相鄙视。没想到我费尽全力考上大学,最后还得靠自学。问题是高中学得那么苦,几乎连轴转了三年,到了大学便总是想着偷懒,尽管我不时提醒自己,但还是浪费了很多时间。尤其想到在那场不伦不类的恋爱上虚掷的精力,就更是追悔不已。

那个女生,按照通行的说法,是我的初恋。她向我告白的那一刻，我抬头望了望夜空，渴望上天能给我一点启示，上面却是黑漆漆的一片，什么也看不见。我说我考虑考虑吧，她却哭了起来。那些为我流下的泪水令我恐惧，我更害怕不时从身边走过的师生投来的目光，那些从她脸上滑落的透明的液体仿佛已经成为我的罪证。慌乱之中，我答应做她的男朋友，还骗她说我其实对她很有好感，只是不确定这种好感是不是爱。她破涕为笑，抓起我的手朝夜的深处走。她好像很紧张，眼睛盯着地面，以一种不自然的步伐走得飞快。她的五根手指紧紧扣住我，像是害怕我溜走，为了摆脱这种被绑架的感觉，我也用力抓住她的手。便是在这种相互作用的力的牵引下，我们走进那片很难说是象征爱情还是代表性欲的小树林，她抬起头望着我，眼角残留的泪发出奇异的柔光，令她那张并不动人的脸变得有些迷人。事已至此，我只好抱起她，完成接吻这一必要的仪式。不知道是不是刚哭过的缘故，她的舌头带着苦味。

不久后的一天，我们像其他情侣一样去南京路逛街，到了外滩后又坐上渡轮看浑浊的江水在发动机扬起的白浪里翻滚，下船后又去找沈大成糕团吃。终于，我们成功错过了最后一班地铁，便只好去开房。那是一间潮湿得仿佛在滴水的小旅馆，灯光并不能完全驱散房子里黏稠的黑暗，墙上的格子壁纸上留有可疑的白色斑点。脱掉衣物后,她的反应似乎很强烈,我认为我应该有所回应,便也假装大口呼吸,做出性急的样子,可下面毫无反应。

"我感觉你好像不是很喜欢我。"她盯着天花板,眼神空洞。

"我的身体没有经验,它背叛了我的心,你得相信我的心。"她的感觉无疑是对的,我却拼命想要掩盖自己的真实感受。

为了洗刷初夜留给我的羞耻感以便恢复雄性动物那可悲的自信,后来我们频繁开房,我大学期间所有的零花钱几乎都花在这上面。不过我的技术确实越来越好了,我学会了在没有爱的前提下做爱,流连于欲望的迷宫。应该说,我们之间的关系主要是靠肉体维系的,我感到自己很难就任何话题同她深入交谈,而比起对话,她似乎更愿意倾诉。我们之间的相处渐渐趋于平淡,彼此相安无事,只是我心里总觉得哪里有点不对劲。直到有一天我们出去游玩,她在翻看我手机里的照片时无意间看到王希文,笑着说我的姐姐和她长得有点像,我才意识到问题所在。她没往心里去,之后也没再提起,但她的这一发现深深刻进我的心里,我越想就越觉得她们确实很像,尤其是微笑时嘴角上扬的弧度。同女友的相处便渐渐有了乱伦的错觉,我对她越来越冷淡,她一直追问我到底怎么回事,我没法向她解释，只能沉默。

一次在食堂吃饭时，她主动向我提了分手，当这一不时在我脑海中上演的画面真的发生时，气氛没有我想象中的那么尴尬，她显得很平静，好像也并不那么伤心。我做出肯定的回答后，她伸出手同我握了握，转身离开。我低头吃完两荤一素的快餐后，还将她餐盘里没吃完的肉夹了过来。只是当我端起她的餐盘走向回收处时，心中才悬起一股说不出的沉重，我意识到这是一场不该开始的恋情，而我竟任由自己的兽性主宰了这段关系，我感到自己再也不可能以一颗年轻的心去遭遇和体验真正的爱情了。

大学四年便是这样成为一场迷梦，现在梦醒了，我无路可走。有人说我应该考公务员，据说这是哲学系的优势，毕竟整个哲学史就是由一篇篇针对社会现实而作的申论组成的，班上有将近三分之一的同学都选择了这条路。但是，学了一点哲学的皮毛之后，我实在无法在精神上接受唯一真理观，也难以承受在报纸的翻页声和茶水的啜饮声中渐渐老化的单向度人生；也有不少人建议我考研，我也想过成为研究生，躲在象牙塔里一辈子和死人的学说打交道，虽然未必有所建树，毕竟也能靠贩卖伟人的思想来让自己发光。当初填报哲学专业，也不过是望文生义的一时冲动，如今这门毫无生气的学科令我厌烦，哲学教授们以熟练掌握论文的生产技巧为荣，却不曾想过按照当下的学术规范，几乎没有哪位大师的作品是合格的，文凭不过是为学术无产阶级准备的勋章。高校教师展现给我的是一个令人灰心的前景，我不想和他们一样，每天都小心翼翼地在玩具城堡里打转，生怕撞翻那些纸糊的建筑。

我对其他工作没有什么太大的兴趣，但还是很用心地准备了简历，但我很快发现几乎所有工作都要求应届生有相关的工作经验，社会就用这样的悖论来嘲笑我们所接受的"高等"教育。那些面试官看到我的专业是哲学后，总是面露难色，好像看了不该看的东西。那些日子里，我每天出去面试，走迷宫一样艰难地穿过人群，去寻找那些藏在写字楼的冷眼，再带着一身挫败感，以注视自己双脚的方式回到那个已经逾期居住，只剩我一人的洞穴般的宿舍。上海的街上没有大写的人，只有包裹在名牌里的小号的心，所有的人都活在自己的生死之中。我明白，就算找到了一份待遇不错的工作，那也不过是一点点地将自己淹没在市侩的沼泽之中。同学们一大半考上了研究生，剩下的人则回到自己的家乡，在父母影响力的辐射范围内，继续经营他们的关系网。他们的人生对我没有任何参考意义，我撕掉了毕业照。不知道从什么时候开始,每夜入睡前,我都在暗自祈祷自己可以在睡梦中沉沉死去。

回到黄安后,对死的渴望不但没有减轻,反而一点点加强,以致完全攻占了我的心灵。我没日没夜地同那股下沉的力搏斗,根本无暇他顾。偶尔平静下来,我就死死盯住窗外的院子。在书包的压迫下,那些院子里的小孩,目光都钉在自己脚上,他们在重复我走的路,我很想告诉他们路的尽头是什么,但这只是一瞬间的念头,毕竟我不是麦田的守望者。秋天已经深了,悬铃木的叶子落了一地,露出一个黑色的鸟窝,那繁复而脆弱的样子看上去就像是树的心脏。清洁工把落叶拢成一座座坟包似的小山,我很想扔一个火种进去把它点着,再纵身跳进去。

我已经不和母亲一起吃饭了,她待在超市里的时间也越来越多,为了节省开支,她辞退了店里的收银员。她每天早上起得很早,提前把一日三餐做好,后来见我连饭菜都懒得热,就抽空回家把饭菜热好,喂养宠物一般将餐盘送到我的门口,敲三下门,再回去干活。已经做到这个份上,再不吃几口我就有点过于不孝了。

齐林要陪他的导师到武汉参加一个学术会议,决定顺道过来看我,我不想见他,但好像也找不到什么拒绝的理由。他对小县城有人类学家式的浪漫想象，其情形大概就类似于我和姐姐小时候对首都、直辖市和经济特区的向往，这种热情是你怎么泼冷水也浇不灭的。出乎许多同学意料的是，经常在各种场合表现出自由倾向的他，学的是中国哲学和西方哲学之外的第三种哲学，有同学说这是他父亲的意思，后者在上海的体系里身居要职，对官方哲学的现实应用有着比常人更辩证的理解。照齐林本人的说法，经由痛苦的反思，他终于意识到激进的人比保守的人更清醒，所以当后者得了弹震症一样惊慌失措于时代巨变时，前者仍在坚持表达对于人类的希望，而他相信表达希望才是哲学该做的事。当齐林身着西服，脚踩皮鞋走出仅有两趟火车停靠的黄安火车站时，我一眼就认出了他，同时感到一丝窘迫，这身本地人只在婚礼上才穿的行头迅速引来了目光的包围。

"终于可以喘口气了，你不知道开这个会有多无聊，"他朝我大步走来，我生怕他会给我一个拥抱，"我一直在考虑怎样用布努埃尔的故事设定拍一部关于开会的电影：一群人坐在一起开会，结果发现这个会怎么也开不完，所有人都不想开下去，却没有人能够离开。"

和那位曾梦想成为导演的斯洛文尼亚的学术明星一样，齐林对电影也颇有研究，深知如何从电影里榨取新鲜的理论琼浆。他还是像从前那样健谈,从火车站到我家只能坐黑车,我原本担心同乡们的大声喧哗和刺鼻烟味会令他不适,却没想到他很快找到了一个让自己舒服的坐姿,也一根接一根地抽起烟来,并像融入了土著人生活的探险家那样感叹道:"这里真是吸烟者的天堂。"

为了更自在一点,我带齐林去城中心开了一间房,这还是我第一次在县城住旅店,服务员都说普通话,让我感觉有点怪,好像去了外地。随后我们去县城最大的新疆餐馆吃饭,这家店开了很多年,店里的服务员都会说黄安方言了。

"真羡慕你们这些小县城的人,有一种粗粝得不容分说的生命力,同那些被异化了的上班机器人相比,你们才活出了人的最高目的啊。而且,你们一出生便有了正当的背井离乡的理由,不像出生在大城市的人,一生下来就被剥夺了乡愁的权利。"我知道他的这番话是肺腑之言,没有居高临下的意思,但正是这种真诚让我失去了反驳的兴趣。吃完饭回到旅店,齐林又讲了许多话,术语越来越多,大概这次学术会议没有安排他发言,所以憋了一肚子演讲词,我相信他的话肯定是越讲越深刻了,因为渐渐地我困得连眼睛都睁不开,只能拿手不停揉搓额头,作思考状。

"你的话好像比以前更少了。"他终于意识到了什么，向我宣布了他的重大发现。

"岁月使人沉默。"我笑着说。

临近午夜，忽然想喝点酒，齐林也有此意，但县城的商店都关门了，我便带他去我家的小超市，我记得店里有几瓶快要过期的洋酒。我们就着瓜子、豌豆和花生米，坐在那张母亲从垃圾堆里捡回来的打有补丁的沙发上，拿一次性塑料杯喝了三瓶葡萄酒。齐林说眼前的一切很像某部新浪潮电影的片头，两个主人公絮叨了很多不着边际的话，当他们喝完最后一杯酒，就会出门去寻找他们共同的爱人，以及那些仍想要作为人而活着的同类。可能是酒精的作用，一时之间我竟被这种超越阶级的浪漫主义感动得想落泪。也可能我真的哭过只是不记得，因为到最后我的意识已经模糊，和齐林一起倒在沙发上睡着了，这一幕吓了次日清晨来开店的母亲一跳，看到我们歪躺在那里，她以为我们没有了呼吸。宿醉使我们取消了原定去爬似马山的计划，吃过早午饭就匆匆赶去了黄安火车站。齐林穿过闸门走入站台时，我忽然很想买张票和他一起上车去上海。

齐林走后，我又恢复了生活的宁静。我反复阅读维特根斯坦的著作，这个终生为自杀所扰的人临终前却说他度过了无比幸福的一生，他的伦理学也许能给我带来一些启发，然而他的书似乎不是为我这种智商的人准备的，我实在弄不懂他到底想要讲些什么。一天中午敲门声响起，我照例将房门打开一个小口子，伸出手去接餐盘，却被一只年轻的手抓住。是王希文来了，我打开门，放她进来，却不正眼看她。

"其实你现在和我决定离开北京前的状态很像，我也是整天把自己关在屋子里，想来想去，最后的结论都只有一个：要么用头把墙撞开，要么从窗户跳下去。和方老师通了几次电话后，我才知道挺起身子走出房门才是唯一正当的路，你……"见我默不作声，她走到窗边，望着树木萧条的院子，近乎哀求地说，"你去见见方老师吧，他心脏病又犯了，现在在人民医院，他说他很想见你。"

"好吧，我去，我要当面拆穿他的谎言。"尽管我的回答带着恨意，王希文却露出一丝释怀的微笑。这个表情进一步激起了我的斗志，我要向她证明也许方氏那套学说可以拯救她的灵魂，却再也不可能蒙骗我的心灵。

县城总共也没几条街，去哪里都很快，走过那座多年前就让人感觉已经摇摇欲坠的大桥，再穿过挂有蛇、蝙蝠和穿山甲等野味的菜市场，就到了人民医院。我犹豫再三，还是去夹在两家寿衣店中间的水果店买了几斤苹果。方老师的头发又往后退了一步，显出老年人的颓唐。他穿着蓝白色相间的病服坐在病床上,脸色惨白,两鬓的白发也比从前更多了,这些虚弱的白色在他那用来迎接我的微笑的统摄下,散发出迷人的光芒。我得承认,他的身上有一种奇怪的魅力,似乎可以软化所有靠近他的铁石心肠。为了避免再次臣服于他,一阵寒暄过后,我决定先发制人。

"方老师,有个问题我一直想问你,你真的相信你在课上讲过的那些话吗?"见他没有回应,我补充说,"比如说,你真的相信高考是一种伟大的制度?"

"伟大?"他的笑容里泛起了苦味,接着又像是要甩掉它一样轻轻地摇摇头,"高考怎么可能是伟大的?"

"所以你承认你在课上讲的那些都是谎言?"

"这取决于你对谎言的理解。为了一己私欲而撒谎与出于爱人的目的而说谎,性质完全不同。当然,欺骗毫无疑问是一种罪,但出于对学生的爱,做老师的必须主动接受这种惩罚。不然还能怎么办?告诉你们高考制度不合理,每天跟你们讲人生的虚无?我绝不会做这种事,我要给孩子们一条活路,让他们做梦。"

"那你就不怕他们从梦中醒来,指责你蒙蔽了他们的眼睛?"

"这不就是你今天要做的事,"他终于收起微笑,脸上露出一丝无法判断其真实性的悲戚，"但你要知道，这是一种共谋，我骗了你们，你们也需要被骗，这是彼此的成全。这个社会有各种各样的制度，高考不过是其中的一小环，这些制度像齿轮一样互相咬合，根本就无懈可击。高考和我们的人生一样，并非必然有意义，而是必须有意义。你不是必须选择相信制度，可是应当选择相信。对于普通人而言，相信现有的秩序是最好的选择，因为他们无力去创造新的秩序。"

"那么真理呢？真理就没有意义了吗？一个正直的人难道不应该追求真理？"

"被真理诱惑，是像你这样的年轻人最容易犯的错误。你想想看，我们可能会喜欢爱人的头发、眼睛或皮肤，但绝不可能爱上她的内脏，也不会想要去看看她的五脏六腑长什么样。这是为什么呢？要知道，人的身体机能多半就是靠那些内脏来维持的。你明白我的意思吗？普通人根本不需要、也承受不了那些可怕的真理，他们会下意识地避开真理显现的地方，就像你被不明物体扎了一下，你的第一反应肯定不是去探究一下扎你的东西到底是什么，而是迅速抽手以求自救。我在课上讲过很多自相矛盾的话，可我教了那么多学生，为什么就没人来反驳我呢？他们需要的不是清晰的逻辑，而是可以沉溺其中的情感，是能够照进他们心底的太阳。所以我倾尽全力满足他们的需求,民族主义,为制度辩护,给初恋正名,把自己塑造成神话,他们需要什么我就给他们什么,这才是真正的正义。一个正直的人应该追求真理,但绝不应该将其公之于众,而应该小心翼翼地将其维持在必要的限度之内。这是我瞧不起很多大学老师的原因,他们兜售廉价的真相,一心想着解构,从未想过建构,满足于肤浅的批判,只顾逞口舌之快,却从未想到这会给学生带来多大的心理阴影。一个人怎么能指望在摧毁地基的同时还建起生存的大厦呢?"

"那人类就不需要启蒙了吗?照你这么说,人类社会还怎么可能进步呢?"

"人类、启蒙、进步,这不过是些无聊的术语,是学者的纸上游戏,普通人根本用不上这些大词,他们需要的只是照亮他们面前那一小步路的光。但是我想说,如果那些学者开心的话,就让他们去爱从未在现实中存在过的抽象的人类吧,就让他们去相信被无限夸大了的启蒙和进步,让他们去写那些根本产生不了任何影响力的论文,以便活在那种虚妄的深刻里。但是要想办法阻止他们毒害学生,学生发现真相之后能怎么办呢?真理之箭只会弹回来刺中自己,变成无穷的内耗,这是一种残酷的精神伤害。强大的人和弱小的人不能拥有同一个神,正如大人与小孩不能拥有同一个世界观，或者说前者有权欺骗后者，向他们提供一套符合他们心智的价值体系，提供许多有益的幻想。只有心狠手辣的人才会整天把颠覆性的真相挂在嘴上，才会为了那些抽象概念鼓励年轻人去牺牲自己。我爱这个世界，更爱这个世界的孩子，为了他们，我把批判的冲动深埋起来，绝不向任何人透露我心底的黑暗，我相信这是唯一正确的活法……"

方老师越说越激动，脸上的肌肉不停抽搐，肩膀微微发抖，最后竟把脸埋进双手呜咽起来，一旁的心电监护仪随即发出刺耳的警报声。一个长着斜眼的年轻护士踩着没有声音的步子匆忙赶过来，查看状况后，她给方老师打了一针镇定剂，摇下病床让他平躺下来，帮他盖好被子，还小心地掖了掖被角。在完成这些动作时，她不时朝我投来责怪的目光，随后又把我叫到病房外的过道上，问我是方老师的什么人，我还没来得及回答，她就将我狠狠训斥了一通，指责我竟这样不顾病人的死活，她的斜眼似乎使她的语气里有了更多的责备意味，同时也使我意识到，也许在住院期间，方老师又多了一个追随者。

我绕远路，选了一条人少的巷子往回走，用力抑制在眼眶中左奔右突的液体，下定决心不能流下这些认输的眼泪。我本以为我会驳得方老师哑口无言，然后扬长而去，留下他一个人一脸悔恨地坐在病床上，却完全没想到他会讲出这样一番难以反驳的话来。也许为了这一刻，他已经心里预演过许多次，才能把话说得这样周密。可是，他为什么要跟我说这些话呢？除了加深我的绝望，这些结论又能给我带来什么呢？一周后，方老师出院了，我决定去他家登门拜访，听听他的回答。

走到"一中"时，正好遇上放月假的学生，被保安缓缓拉开的校门像鲸鱼的气孔一样将学生们喷射出来。素质教育并未像文件里宣扬的那样到来，相反，据王希文的说法，现在的"一中"有点变本加厉的意思，学校对作息时间的规定变得更加严格。如果学生在规定的时间之前醒来，也只能直挺挺躺着，直到起床铃声响起才允许下床。而从下床到出现在操场的准备时间，从我们那时的十五分钟被压缩至七分钟。所有的学生都养成了奔跑的习惯，跑着上课，跑着打饭，跑着上厕所。学校纪检部门的队伍更为壮大，他们戴着红袖章整天四处巡逻，揪出那些违规的学生，依据评分体系扣分，操行分数的排名会随月考成绩的排名同时公布在进校的黑板报上。不过，我躲在校门口的文具店里，看着这些学弟学妹，却发现他们在不停说笑，步伐坚定，呈现出一种有着共同意志的活力。我不由得想起方老师的那些话，将它们放在心里默默推演。是的，如果有人告诉他们高考是一个错误，大学没什么好期待的，人生毫无意义，他们还能有这样的活力吗？如果花朵一直生活在黑暗下，它还能继续开花吗？

"哟，这不是高考状元吗，回母校来转转？"那个上了年纪的保安认出了我，他的呼喊引来几个学生的注视，我慌忙冲他点点头，在他递给我的签名簿上留下名字和电话号码后，加快步子朝教师公寓走去。当年我考了全县文科第一名，便有了这个颇具封建色彩的称号，学校奖励我六千块钱，还把我的照片挂在进门的宣传栏上示众。不过，这些做法确实给了我一种天之骄子的幻觉，我不顾方老师的劝阻，执意填报了哲学这个冷门专业。我以为我可以像武侠小说的主人公一样，从哲学史中提炼出一本武功秘籍，待我修得一身功夫，便能在真理之中安身立命，却没想到四年后，我连生存问题的任督二脉都没有打通。

高考结束后不少同学都约我去看望方老师，但那时一个看上去很美的未来在朝我招手，我对东方巴黎充满向往，一心只想和这个灰头土脸的贫困县一刀两断。所以尽管我至今都清楚地记得他家的门牌号，但这是我第一次前往方老师家。学校里的变动不少，路面好像更干净了，围墙上则架起了一米多高、带尖刺的铁丝网，大概再也没有人能翻墙出去通宵上网了。

我还惊讶地发现食堂里的座位全都被移除了，只剩下一排排的高桌子，学校为了督促学生节约时间真是费尽心机。校园里还是留下了不少学生，他们抱着教科书走得飞快，有人额头上贴着退烧贴，有人嘴里念念有词，分不清是在背单词还是在自言自语。这熟悉的紧张气氛将我的心也拨弄得惶恐起来。

教师公寓的楼梯间里堆满了杂物，只有方老师住的四楼是整洁的，这很可能是他打扫后的结果。他家没有关门，客厅里那一排高至天花板的书架不无压抑地出现在我眼前，在书架的映衬下，家里的桌椅都显得有些袖珍。另外三堵墙上一幅画也没有，只有一个木质的挂衣架，上面耷拉着几件灰色的衣服。这完全是一个苦修室，我忽然意识到活在这里的人不太可能产生尘世的肉欲，所以他和姐姐的关系不可能是大家想象的那样。方老师接过我带来的葡萄，将它们放进塑料篮子里，那里面还整齐地摆着一些大概是从医院带回来的已经开始腐烂的苹果和香蕉。他从桌下抽出凳子，叫我坐下，又忙不迭去泡了一壶茶。等他终于坐下来，我们却陷入沉默。我没有了单刀直入的勇气，一直思忖着怎样提出我的问题，最后还是他先开了口。

"你一定好奇我为什么要和你讲那些话，既然我已经决心要欺骗所有学生，为什么就不骗你。其实你心里应该也有模糊的答案,只是你还不敢确认。是的,总是会有例外,总是有人与这个世界格格不入,他们游离在所有集体和体制之外,很难感受到快乐,一辈子都是孤家寡人,形单影只,终其一生都受到死亡的诱惑。你的姐姐王希文便是这样的人,但她没有你这么严重,她是有可能痊愈的,所以我跟你讲过的很多话都没有同她说过。当她向我描述你毕业后的状态时,我就知道你也是这样的不幸者。高二那年你曾追问我生命的意义,我当时就察觉到你有成为这类人的危险,但那种火苗通常很快就会熄灭,不会烧成火海,我也就没有太在意……"

方老师的眼睛从我身上挪开,投向书架,他起身走过去,在书架前逡巡,像是要为接下来要讲的话寻找参考书目。他的书架上有很多我想读而没有读过的哲学名著,那些书里贴满了各种颜色的便签。

"火苗,的确是火苗,"他接着说,不容置疑的语气让我想起他在班会上的演讲,"你心中一定有各种各样像火苗那样蹿动和爬升的念头,这股永恒的活火可以毁掉一个人,但也可以成就一个人,因为你可以用它来照亮别人。当你成为别人的意义,成为发光体,就不再需要寻找自身的意义,也就无暇顾及自己心底的黑暗……"

"就算是火苗,它发出的光也是黑色的,"趁他犹疑时，我借机打断他的话，我知道如果我不这样做，他就会一直说下去，"怎么可能用来照明呢？"

"你当然不能露出它本来的样子，你要给它涂上更自然的色彩。你越是空虚、痛苦、绝望，就越要像复仇一样，表现得充实、快乐、满怀希望。幸福的人只在意自己的幸福，只有不幸的人才会关心他人的不幸。这是不幸者的天赋，也是他们的使命。就是靠着这种使命感，我教了二十一年书，"方老师坐到原来的椅子上，露出一种因疲倦而显得有些神圣的神情，"说实话，我从来没有相信过任何制度，也不相信人生有什么意义。大学毕业那年，这种不信终于把我逼上绝境，我在长江大桥上来回走动，速度越来越快，因为我害怕一旦停下来，我就会翻过栏杆跳进江里。就在这时，我瞥见一个穿着校服的女生蹲在桥头的垃圾桶后抽泣，她很瘦弱，垃圾桶完全遮住了她的身体，所以我几次走过都没有发现她。我鼓起勇气问她怎么了，大概是我眼中的泪水打动了她，她将紧紧攥在拳头里的皱巴巴的遗书递给我，原来她和我一样，是来这里寻死的，只不过她的原因要具体得多：她高考没考好。像是得到了某种天启，我动用我全部的智慧和情感来安慰、开导和鼓励她，最后竟使她笑出声来，当场决定回去复读。应该说她是我的第一个学生，我在她身上找到了我的天命。你明白了吧，我关心的从来不是成绩、排名和升学率,而是孩子们的心理健康,我教人怎么活下去,怎么找到生命的意义。其实只要相信就行了,哪怕只信一年、一个月、一天也是好的,哪怕相信的是毫无根基、彼此矛盾的东西也比什么都不信强得多。你和我一样,都尝过不信的滋味,那是万劫不复的深渊……"

"可是你自己呢?这能让你摆脱你的不幸吗?"看着方老师含泪的眼眶,我竟忍不住想拍拍他的肩膀。

"不幸的是,对我这样的人而言,这种不幸是无法摆脱的。每天晚上我躺在床上,都会重新跌入寸草不生的内心荒原,我也想找一个神问一下祂为什么要离弃我,但是神从来不肯向我显现,然而我还是相信解脱之门仍然慈悲地向所有人敞开,只要愿意,你就能找到入口。所以我发明自己的宗教,制定自己的教义,教室就是我的教堂,是我的圣洗池。那颗在夜间变得僵硬和冰冷的心,在进入教室后没多久就会一点点地解冻并回暖。在一拨又一拨渴求的眼神之中,在一次又一次交付真心的互动中,在回答那些对我来说是一再重复、对他们而言却是独一无二的问题时,那个充满怀疑的卑微的自我得到了完全的拯救。你明白了吗?真正的教师是为他人而活的,这是不幸者最好的职业。你和你的姐姐一样,也应该成为一名教师……"

这个冬天下了几场粉末状的雪，因为无法堆积起来而给人一种白下的感觉。我频繁出入方老师的家，遇到了一些熟悉的面孔。那个晚自习上打架的男生长得更强壮了，很难想象他现在是一名幼师。刘卫东没有考上大学，最后当了厨师，在县城的一家五星级酒店里拿着一份不错的薪水，他每次来都要给方老师做上一桌子的好菜，饭后还抢着洗碗，打扫卫生。他将我重新拉进班级的通讯群里，群里的发言已经很少了，但每次聊起来，方老师依然是同学们谈论的中心，大家都为方老师恢复了健康感到高兴。我还碰见了那对传说中的情侣，他们激动地告诉我，不管他俩跟谁解释，都没有人相信是高中的班主任促成了他们的婚姻。两人如今定居广州，有了自己的房子、新媒体公司，以及一个大眼睛的孩子……所有人看起来都很幸福，提起高中生活，他们无不流露出真挚的怀念。

方老师也许是对的，他们需要幸福，而我们这些不幸的人应该帮助他们幸福，只有这样才能让我们的生活充满意义。当我在线上向齐林讲述我思想的转变，并告诉他尽管我还没有下定决心，但春节过后我打算去武汉考教师资格证时，他表示很不解，在列举了几条形而上的反驳理由后他又补充说："但是你要知道，当老师待遇很差。"这句话使我意识到，不管他声称自己如何关心人类的解放，他最在乎的还是自己的利益。"宁要上海一张床,不要县里三套房",这句在我们县流传多年的俗语,在他那里有着不可撼动的正确性。而在齐林这样的朋友面前,我能做的就是配合他,和他一起批判他所在的环境,以便为他置身其中的幸福大厦添砖加瓦。

母亲也为我的转变感到欣慰,和当年反对姐姐教书的态度不同,她没有试图打消我当老师的冲动,可能她被我这半年以来的精神涣散给吓到了,也可能姐姐用她的幸福打消了母亲对教师这一职业的疑虑,从北京回来后,姐姐变得越来越爱笑了。经方老师介绍,她现在有了一个男朋友,那个发质坚硬、喜欢戴表和不停看表的律师也是方老师的学生,两人已经开始谈婚论嫁了。

我第一次和律师吃饭也是在上次和齐林一起吃过的那家新疆餐馆,只是不知道为什么,馆子被本地人接手了,店里已经看不到那些戴花帽、高鼻梁的维吾尔人。虽然还在卖手抓饭、大盘鸡和烤羊肉串,但味道已经变了。

"你想当老师,可以考虑去大城市啊。县城离家近,生活压力也小,就是工资太低了,也没什么发展空间。"律师的口气里俨然有了姐夫的意味。

"可能我和我姐一样,适应不了大城市的生活,"我决定用书面语熄灭他套近乎的热情,"城市里有那么多红绿灯,看起来好像有很多条路,实际上只有一道峭壁,我不愿意像其他人那样把别人的手和脚当成阶梯,过那种互相攀比没有尽头的日子。"

"不是一家人,不进一家门啊,"没想到他举起倒满了啤酒的一次性塑料杯,示意要和我干杯,"我在武汉一家律师事务所干了七年,一直都习惯不了工地上的噪音,武汉到处都是工地,还是县里自在……"

"方老师有一个观点,我感觉还挺有道理的,"我已经知道姐姐要说什么了,那番话方老师也对我讲过,"大城市像吸铁石一样把小地方的人才搜刮一空,而我们这种偏远山区是最惨的,有体力、有脑力的人全都出去了。表面看大家的日子是比以前好了,内里却在积贫积弱。虽然他一直鼓励大家走出去,但有良知的读书人应该往后退一步,回老家播种,用乡绅式的耐心代替士大夫的野心……"

于是我们又聊了半天方老师,他们都表示自己从未听过像方老师那样打动人心的嗓音,也没有见过表里如一到这种程度的人。这些评判让我意识到他们都没有真正走进方老师的心,但是很显然,有了方老师,他们就坐到了同一条船上,将来的婚姻大概很难出现裂痕,就算有了,他们也会设法把渗进船体的水舀出去。

为了再次感受那种激动人心的气氛，我决定去旁听一下"高考百日誓师大会"。方老师照例是大会的明星人物，他那只常年握住粉笔的右手好像有了自己的性格，以一种特有的节奏举起又落下，挥舞短剑般划破他面前的空气。这些动作贴切地配合他的发言，增添了言语的力量。"同学们，高考制度是一个有机的体系，它能牵动全社会的神经，让所有人都关注中学生。高考也因此成为最重要的人生坐标：在这之前，它提供一个公认的目标；在这之后，它又能带来一份美好的回忆。从这个角度讲，高考的确是伟大的。也许有人会质疑，高考怎么可能是美好的呢？有人说他们在高考结束多年后还在做高考的噩梦，各位可能也已经做过这样的梦，交卷时间到了却发现自己还有整整一面大题没做。但是，同学们，你们要知道，真正的噩梦是在你面前摆着一张白纸，你却不知道该写些什么，真正的噩梦是你交出了一份满意的答卷，却找不到愿意给你改卷子的人。有题可解的人是幸福的，哪怕是在梦里。有梦可做的人是幸福的，活成没有斗志的空心人才最可怕。同学们，还剩一百天了，努力吧，奋斗吧，只要你拼尽全力准备高考并坚持到高考结束，那么不管考试结果如何，你都胜利了。在以后的日子里，只要遇到过不去的心坎，你就想想高考，想想你曾经的热情……"

也许因为我知晓了方老师内心深处的悲哀,他的这些话在我听来简直字字锥心。他说得越是慷慨激昂,底下的掌声越是响亮,就越是印证了他内心的凄凉与惶惑。一个人竟能终身隐藏自己对真实世界的全部看法,一个最悲观的人竟能给世人带来最热烈的希望,他难道还不足以成为我的精神灯塔吗?他所从事的难道不是一项值得为之献身的伟大事业?那个哑巴不知道从哪里钻了出来,站到离我不远的地方,这些年他好像都没有变老,他学着别人的样子拼命鼓起掌来,喉咙里发出低沉而兴奋的吼声。在这充满生之压抑的叫喊声中,我的泪水终于夺眶而出,我接受着这咸味的洗礼,直至它们完全淹没我的视线,以至于我都没有注意到台上的人中断了演讲,而台下的师生骚动起来,一群人冲了过去:方老师竟倒在了讲台上。

响着警报的救护车很快就到了,手忙脚乱的医护人员将方老师抬到车厢里。车子启动之后,一群学生小跑着跟在后面,我也下意识地跟了上去。校长的声音从身后的高音喇叭里传了出来:"同学们不要激动,不要追车,我们的大会继续,方老师不会有事的,你们跟过去也没用……"大部分学生被校长叫了回去,剩下的十几个人铁了心继续前行。我们赶到校门口时,救护车已经开出去了,老保安锁上校门不许学生出门,他们放声大哭起来。我向保安求情,说我很快就会带他们回来,他无奈地指了指对讲机,表示那是领导的意思,但他愿意放我出去。我向保安借来扩音器对学生们大声喊道:"我以前也是方老师的学生,大家请放心,我现在就赶去医院,向方老师传达你们的牵挂,他一定会回到讲台给大家上课的。"

这些话似乎起到了镇定的作用,学生们渐渐平静下来,转身往操场走去。然而,当我赶到医院时,方老师已经被推进了重症监护室。透过门上的玻璃,我看见他平躺在病床上,头侧向门口,只有氧气罩里起伏的雾气证明他还活着。朦胧之间,我仿佛看见他睁开了眼睛,那双在病魔的吞噬下变得迟钝的眼睛重新焕发出光亮,它们好像在对我说:活下去,一定要活下去,不仅要让自己活下去,更要让你身边的每一个人都好好地活下去。只有令别人感到幸福才是真正的幸福,从不传递爱的生活才是有罪的生活……那个斜眼的护士戳了戳我的后背,示意我不要挡在门口,我的眼泪似乎软化了她脸上的严厉,她留给我一个安慰的眼神,才快步走进病房,像呵护婴儿一样将方老师的头轻轻摆正。我忽然想到,也许方老师是为我倒下的,接下来他还要为我而死,他要用他的死敦促我做出最后的决定。

听姐姐说,方老师的葬礼是他的前妻从外地赶回来操办的，出乎许多人的意料，前妻哭得很伤心。而他们那个还在读高中的女儿在追悼会上发言说，她也愿意追随父亲的步伐，做一名受人敬仰的人民教师。送葬的队伍有好几百人，许多学生从全国各地围拢过来，他们从"一中"的教师公寓一路跟到几十公里外方老师的老家。我忍不住想，方老师教过的学生里是否只有我一人洞察过他内心的地狱之火，以及从这火中长出来的奇异的信仰之花。

我从一开始就决定不去参加他的葬礼，因为我知道被火化的只是一具躯壳，方老师在这世上留下了更重要、也许只有我一人知道的信息。拿到教师资格证后，九月开学前，我参加了"一中"的面试。试讲那天，天气炎热，吊扇在空荡荡的教室里发出令人烦闷的转动声。四位评委老师里有三个都教过我，站在他们面前，我感觉自己还是一个学生，很难找到教师的语气。为了缓解紧张，我将视线后移，越过坐在第一排的他们，盯住教室后排的空桌椅。就在这时，我仿佛看见了那天被保安锁在铁门后的学生，他们那噙满泪水的眼睛分明是在向我呼唤。是的，他们需要我，正如我需要他们。我拿起粉笔，在黑板上一笔一画地写下试讲的板书，透过在阳光中雪花般飞舞的粉笔屑，我好像看见了自己日复一日在教室里踱步、在学校里穿行的余生。在这种不断注入意义、螺旋式上升的重复之中，死将彻底失效。和方老师一样,即使心中的巨石滚落下来,我也拥有了一次又一次将它们重新推上山顶的力量。我终于也成了一个有福之人。

2019 年

地下的天空

而你，只与自己的双眼为伴……
在丰收之地造成饥荒

　　　　　　　　——莎士比亚

现在我就走在这条路上,是这一条,而不是那一条。这些彼此交叉的小路像燃气管道,将乡下人的力气输出去,再换成钞票运回来,等账目上有了足够多的零,他们就从村里搬出去,翻身成为城镇居民。我曾和他们一样,带着逃离土地的激情,渴望移民去大城市。而现在,我走上了一条相反的路,从城市回到农村。很难向人解释这个有悖常理的决定,好在向我提问的人并没有我想象中的那么多。

路上已经很难遇见行人,乡下人不再喜欢使用双脚,他们骑着摩托车一闪而过。和城里一样,发展已成为此地唯一的主题。路的两旁如今种满了无花果树,那位神的儿子曾诅咒一棵不肯提供食物的无花果树永不结果,那树便立即枯干。现在我看到的就是这样的无花果树,干裂的枝条在寒风中微微发抖,衰败得叫人很难相信它们也有过春天。这些我很晚才认识的植物,入侵般占领了记忆中的田地,让我感觉自己回到了别人的故乡。当然,和许多农民一样,我没有对田园抒情的能力,所以哪怕土地面目全非,也并不令我十分悲哀。

这些无花果树是一个温州人留下的,大概因为城市的经济已被瓜分完毕,这位中国的犹太人没有像他的同乡那样去人群聚集的地方诵读祖传的生意经,却跑到这个深埋在中部的乡村,执意从这些并不肥沃的土壤里榨取黄金。五年前,他承包了村子所有的田地,计划打造中国的无花果之乡,留在村里的老人和妇女便成为他的雇农。他们捣碎世代修整的田埂和沟渠,砍掉田间杂生用以歇阴的树木,又截断流向汉江的小河,以便种植和浇灌这些原产于中东的果木。为了树立乡村招商引资的典范,县电视台一度前来拍摄他们劳作的场景。温州老板还打算在果园边起造一栋别墅式的五星级酒店,以配合采摘旅游。这几年父母打给我的电话里最常提及的,便是这欣欣向荣的气氛。令人始料未及的是,四年的免税期一结束,温州老板便静悄悄地走了,留下两百多亩无人打理的无花果树和那七层神话般崛起的毛坯房。这栋未完成的孤零零的楼房已成为村里的地标,不管走到哪儿都能看到它,简直有点埃菲尔铁塔的意思。

我的睡眠变得很浅,每天早上鸡一叫我就起床去散步。那辆负责将周边各村的小孩送至镇中心小学的橘黄色校车七点钟准时经过我身边,而那个长得有点像屠夫以至于常常令我怀疑校车真实去向的大胡子司机总是叼着烟,摁三次喇叭,向不得不让到窄路一侧的我打招呼，孩子们则把脑袋探出来，冲我喊哈喽。其中一个女孩叫方念萱，是邻居家的孩子，换牙期的她总是笑得很大声，像在展示嘴里的黑色豁口。我总是站在路边，像守林员一样冲她和她的同学微笑、挥手。这项早晨的仪式一结束，我便从村头广场往回走，一回头就能看见我的家，那栋立在村头水塘后的三层楼。村里的青瓦红砖房大都被这种像是穿着统一制服的楼房取代：它的正面很细致地贴上了白色瓷砖，另外三面却是敷衍涂抹的水泥墙，阳台和窗户外则无一例外地安上了监狱风格的防盗网。四年前，父亲的摩托车在进县的十字路口与一辆小汽车相撞，他用粉碎性骨折和被摘除的脾脏换来对方赔付的十三万块钱，家里的楼房便是拿这笔意外之财盖起来的。

  刚装修好的那年春节，父亲带我参观新居，他像房地产销售员一样殷勤地走在我前面，向我逐一展示配有净水器的厨房、装着热水器的卫生间和带有金属栏杆的楼梯间。哪里费了多少斤水泥、用了几块空心板，他都记得一清二楚。最后他站在大门前，心满意足地打量着外墙瓷砖上镶嵌着的放着金光的伟人像，喏嚅着说自己命好，撞他的人还算有点良心，没有逃逸。那一刻我多少有些心酸，甚至有想哭的冲动。但转念一想，父亲很可能只是通过这种方式，像他从前常常在摇头和叹息中向我暗示的，间接证明我是一个没出息的儿子,他对我的教育投资已经彻底失败。所以我装作不动声色,不停地对他说"不错"、"挺好",耐心地陪他继续演完这出家庭情景喜剧。父亲的设想是,他和母亲住一楼;铺有木地板、装上了空调的二楼,留给我将来结婚用;三楼则暂时只收拾出一间房,给姐姐省亲住。一家人其乐融融地住在一栋楼里,这便是一个乡下人的理想国。

遗憾但也可以说幸运的是,这栋楼如今只住了我一个人。或许还要算上母亲吧,她的遗像就立在一楼的春台上,每次进门都能看见那张笑得看不见眼睛的脸,好像她对自己的死很满意。去年在深圳时,我总是忘记她的死,一个雨声细密得像针线在针眼里穿梭的清晨,我梦见母亲躺在刚收完稻子的田里痛苦地呻吟,醒后我掏出手机翻出她的电话号码,正犹豫要不要拨过去,才猛然记起她已去世大半年了。而现在,她的笑每天都在提醒我,她的确已经死透了。

从去黄安县城念初中算起,我离开这座姓方的村庄已经整整二十年,村里如今到处都是我不认识的人,他们大多也认不出我。有些脸我当然还记得,只是忘了该怎么称呼,村里的称谓不按年龄而依辈分,我甚至得管一些年纪和我相当的人叫爷爷,我早就记不清这些复杂的宗族关系,索性一个也不叫,反正我已习惯被人视为傲慢。因此，当一位有些眼熟的老人从小路的大雾中露出身体，带着狐疑的目光打量我时，我迅速转过头，假装在欣赏无花果。

我没想到他会主动开口并一眼认出了我，这些年我费尽心机缩小自己与城市的差距，还以为至少在外表上抹除了乡土气。他问我是不是方明胜的儿子方东树，我本可以告诉他认错了人，不知为何却点了点头。他又问我年过月尽，怎么还没出去做事，我随口编了个借口搪塞过去，我的虚构技巧在这些年与父母的通话中得以显著提升。接下来老人带着一丝愤懑用力扔掉烟头，近乎吞吐告诉我，丁则明也在家。正如他通过我的父亲确认了我，直到这时，我才借由他的儿子清晰构建起他的形象。正当我犹豫要不要叫他一声叔，顺便问问我的这位小学同学在家做什么时，他却径直朝前走去，头也不回地说，去看看丁则明吧。这句说不上是请求还是命令的话，很快和老人一起消失在茫茫大雾中，使我忍不住怀疑它的真实性。我踩灭他扔在草丛边还在冒烟的烟蒂，弯腰捡起后才想起路边没有垃圾桶。

这位老人是父亲的战友，两人一起在满洲里度过了上世纪七十年代的最后三年。那是我的父亲最引以为豪的流金岁月，虽然他很少提及军旅生活，但每次战友的到来都令他那双在穷困中日益浑浊的眼睛散发别样的光芒。一个醉酒的夜里，从不抒情的父亲用一种追忆的感伤口气，向我讲起达赉湖边展翅的白鹤，在别处再也吃不到的松软到一摁下去就立即反弹回来的馒头，中俄边防公路两旁像石子一样散落在草原上的牛羊马，以及一部由他们全连士兵参演的可惜他不知道叫什么名字的电影。这些内容我听起来并不陌生，因为它们就记在那个小时候我翻过多次的红色封皮的笔记本里，除了父亲当兵期间零散写下的日记，里面还有一些用汉字标注蒙语发音的学习笔记，以及全连士兵的籍贯与姓名，其中一人便是丁则明的父亲丁先国。

先国家有急事临时决定请假回家，父亲在一九七九年十二月二十三日的日记里用孩子的笔体写道，我问什么事，他不肯说，我送他去了汽车站。快要上车时，一阵大风吹掉了先国的军帽，我急忙去追赶，等我追上在尘土里不停翻滚的帽子，转过身来，车已经开走了。那个红色封皮的日记本依然静静躺在床头柜那个堆满了杂物的抽屉里，遇见丁父后，我又把它翻出来看了看。丁先国的名字一共出现了三次，余下的一回是一九七七年两人一起转了三趟火车、历时五天四夜去部队报到，另一回则是一九八〇年九月十一日，父亲在快要复员时写道，丁先国一直没有回来，不知道他在老家过得怎么样。

我开始思考一些似乎我早就该想到的事：小时候我们两家人常常走动，有两三年甚至还去对方家里拜年，后来不知为何渐渐疏远；丁则明经历了什么竟使他和我一样选择跑回老家，这一相似的选择背后是否意味着某种真正的友谊。不过好奇心并未强烈到令我立即采取行动的地步，事实上随着我在家待的时间越久，我越发感觉脑中缠着一团无法消散的雾气，思想活动因此趋于死寂，意识和行动之间越来越无法建立稳固的连接。就像接触不良的灯泡，我忽明忽暗地活在一种平静的绝望中。

两个月前，快要过年时，我决定回家。也许还乡的说法更准确一点，因为我没打算再出去，母亲去年的离世促成了我的决心。其实对于她的病死，我并没有多伤心。随着我回村的次数越来越少，家渐渐变成了一栋可以看见田野的宾馆，而母亲的形象也变得越来越抽象，我总是猛然发现她好像又老了好几岁，现在又猛然发现她已经死了。当我从深圳连夜赶回家，母亲的遗体已从医院运到客厅，按照家乡的习俗，她的脸上蒙着一块白布，我犹豫着要不要揭开来看一眼，但我很怕她会露出责怪的神情，毕竟这个唯一的儿子都没来送她最后一程。在母亲的葬礼上，我甚至都没有落泪，我很想像我的姐姐方东英那样嚎啕，张开嘴却不知道到底怎样才能发出那样响亮的哭喊，在城市生活的这些年，我似乎从未发出过这种分贝的声音。葬礼上的各种议论也总是令我分神，比如有几个亲戚竟然就遗体运送车的运费是否合理的问题讨论了半天。当我和亲戚们跪在村后坟山上挖好的墓穴前等待棺木入土时，耳畔再次响起哭声的大合奏，我逼迫自己集中注意力，死死盯住一张飞到我面前的纸钱，试图以此触发眼睛的保护机制而挤出些泪水，可惜一直到葬礼结束，我也未能成功。

直到守灵夜，我才从方东英那里得知两年前医生就建议母亲做心脏搭桥手术，但她认定自己的命不值得花那么多钱，父亲则从战友那里打听到这门风险很高的手术治标不治本，这个发现终止了他的犹豫不决。最终他们决定合起伙来骗我，盘算着把家里为数不多的积蓄留给我结婚用，尽管我一再向他们表明我这辈子都不会成家。这个消息让我有些愤怒，我很想把这股怒火从我心里挖出来扣在父亲头上，可它却没能维持一炷香的时间，我还没来得及找到一个合适的机会叫住在守灵仪式上端茶递烟、忙前忙后的父亲，它就像青烟一样消失得无影无踪。如果我把母亲的死归罪于父亲，他也只会默默接受，然后在沉默中将他的可怜传染给我，那么这种带有表演性质的怒气又有什么意义？

葬礼结束后,方东英赶回广州去哺育她的第二个孩子,也就是我的外甥。我对她说我要留下来多陪父亲几天,其实只是不想和她同行。我也说不清我和姐姐之间的关系怎么会变成这样。她在高桥镇念初中时,每次放假回来,总是用她省下来没吃完的大米换成钱,给我买零食吃,我记得她给我的每一份甜。我也无法忘记姐姐辍学那天的情形,在班主任的要求下,她顶着烈日从镇上赶回来向父母索要未缴清的学费,她一口气喝光了搁在门前压水机上的那罐长满青苔的引水。当因"超生"而下放在家的父亲用混杂着强求和请求的口气,告诉她书恐怕没法往下读后,她默默躺到客厅的竹床上,大声唱着那几年的流行歌曲,直到声嘶力竭。之后,尚未成年的姐姐,跟着村里几个年纪相仿的人跑去东莞的鞋厂打工,而她收入的一大半都用来供我读书。按理说我应该知恩图报才对,但我不知道该做些什么,她从来不肯接受我的钱,无以为报的愧疚感总是让我在她面前感到莫名紧张,我们之间的联系变得越来越少。北京奥运会前后,她在贵阳一个传销组织待了两年,当我得知这个消息时,她已在网友的协助下逃了出来。关于这件事的前因后果,我试探着问过几次,她却再也不愿谈论细节,我只知道这个网友是广州一家服装厂的老板,后来则成了她的丈夫。好在历经磨难后,她终于有了一个看起来还算幸福的家，当然前提是得接受丈夫没完没了的应酬和偶一为之的出轨。在深圳打工期间，我去广州找过她一次，他们家那套精心装修的、处处透露着廉价的奢华的房子和满屋子的粤语交谈声，让我这个内陆的局外人颇有些坐立不安，但我不得不承认这确实是一种体面的中产阶级生活，而我能做的也许就是尽量不去干扰这种幸福。

我也不确定我的父亲是否需要陪伴，母亲的死对他似乎没有太大影响，他们之间本来就没有多少交流，而我们一家人尤其擅长沉默。为了缓解城市用电的紧张，儿时的农村经常停电，我和姐姐在烛光下写作业，母亲在一旁干着摘花生、剥豆子之类的农活，父亲则坐在几乎没有光的角落里默默抽烟，一家人像是在比赛谁的嘴巴能够锁得更久。如今这种中世纪式的沉默再也不可能复现了，家里一再响起信息提示铃声。智能手机的出现恢复了父亲与战友间的联系，他每天吃完饭便掏出手机用表情包同他们互动，母亲刚去世的那几天也不例外。据退休后的父亲更新的状态，我得知在战友信息群里流传最多的是诸如有关部门已下文决定要提高退伍军人的待遇、某恶性事件的当事人已被就地正法、某西方国家又一次陷入水深火热之中之类的自媒体新闻，他们以这种方式继续与国家发生关系。当然，国家确实也没有忘记他们，就在不久前，父亲还专门去县民政局领回一块"光荣之家"的黄色金属牌。为了把它端正地钉到墙上，他不小心划破了手指，白墙上自此留下一小块黯淡的血迹，像是在对这块牌匾做出生动的诠释。

母亲入土后的第四天，我再次从山里的贫困县回到海边的经济特区，但我无心工作，便写了辞职信。我的老板劝了我很久，许诺很快就给我加工资，还请我吃了两顿饭。可我不打算结婚生子，也不买房买车，本想要存点钱给父母养老，现在他们还死了一个，我要那么多钱有什么用。在最后的晚餐上，我的实话似乎有点惊到了老板，为了摆脱窘境，他指着桌上的椰子鸡，说这汤不错，叫我再喝点。我的老板热衷将生活社交网络化，公司聚会，家人出游，他从幼儿园到大学的毕业合照，他那仿佛从自己身上克隆出来的儿子从出生到七岁的所有活动，全都被他陈列到赛博空间里，以至于你很难想象在没有互联网之前，这个人是怎么活过来的。也许他真心以为我有些崇拜他，所以有点接受不了我的突然离去，毕竟当他决定从原先的大公司离职创业时，我第一个声称要跟他走，但那时的真实动机仅仅是我已习惯了同他建立的工作关系，不想换一个人汇报工作。事实上，作为一个离开"我"字就无法开口的人，他从来不知道我在想些什么，不过这样的性格反而让我很受用，听他自我吹嘘对我是一种很好的休息，我几乎不需要主动说些什么，甚至不用担心走神。那顿饭随后又变成了他的个人成果展，直到快要吃完，他才像想起什么似的拿手拍拍我的肩，不无尴尬地像美国人那样安慰我说，一切都会好起来的。

可惜我没法像他那样成为一个精神移民。明天不过是昨天的今天，这种东方人的悲观主义似乎更能说服我，后来发生的事情也证实了这一点。辞职后，我首先买了很多书，我以为自己能重获被这份经常加班的工作破坏殆尽的阅读兴致，却悲哀地发现我好像永久失去了认真读完一本书的能力。我还买了钢笔、墨水和白纸，想要借由这种带有仪式感的书写方式恢复与文学的联系，趁机重拾青春期写诗的爱好，将这些年的苍白经历升华成一首首诗。在这种久违的创作激情的作用下，我不免有些激动，握住钢笔的手甚至有些发抖。不过在写字桌前枯坐良久，我却一个字也写不出来，纸上那慑人的白就像窗外无限的黑，加深了我对时间流逝的恐惧。

为了忘却时间的压迫，我网购了几瓶伏特加，尝试像俄罗斯农民那样酗酒。但是深圳的天气对待酒鬼太友善，不提供醉死街头的冷。呕吐物也令我恶心，吐完后我还得强打起精神将它们清理干净。也许是地点不对，之后我又找了一家酒吧，点了一杯最贵的威士忌，一边摇晃杯底的冰块，一边试着用村上春树的眼睛打量酒吧里光鲜的男女，以便为自己的灵魂注入一点爵士乐的轻盈。不过他们都很正经，你一言我一语的样子看上去完全像是在谈生意，一点醉意也没有，尤其难以理解的是他们居然可以忍受这种难听得有如电钻声的舞曲。接下来几天，我换了好几家酒吧，一家比一家高档，有家店甚至放起了培尔·金特组曲，情况却没有任何改善，空气里总是弥漫着数钱的声音。

不过酒吧里那些包裹女人身体的衣服确实勾起了我的欲望，在其延伸之下，借着酒劲，我去了一家迪厅。站在舞池里的我，本想要和身边的年轻人一样舞动自己的身体，却发现自己像虾一样手足无措。我终于意识到作为一个农民的儿子，来这种地方无异于自取其辱。但我想，我还可以去购买我的沉沦。足疗店、养生馆、男士会所，我不知道哪一个才会提供那种服务，只好采取就近原则。我抽着烟，在小区附近那家招牌闪着红光的店门前徘徊良久，却始终找不到进入的勇气。尽管已是深夜，深圳的街上照例还是醒着许多人，他们无意间投来的目光好像都有道德审判的意味。一想到那个离我仅有几米远，正在迎来送往的修长的女人即将和我发生关系，我就紧张得口干舌燥。记忆里那些并不愉快的画面使我担心对方会嘲笑我的无能，而我估计这些年精神的无助必然会进一步作用于身体的无力。于是,抽完最后一根烟后,我还是灰头土脸地回到了出租屋。

在诗人、酒徒、嫖客的尝试均告失败之后,我决定把头缩到身体里,退回我那间龟壳般的单身宿舍。想到那些被我糟蹋掉的钱,我心疼不已,尽管折腾了一个月,我只花掉了一万多。和许多农民一样,我的母亲最擅长的事情就是省钱,天不黑透不开灯,洗完澡的水囤起来浇菜,吃剩的菜反复加热成糊状才会倒去喂狗,狗养大后是要拿去卖钱的。节俭已成为她的本能,为了省钱,她最后把自己的命也搭了进去。而她成功地将这种小农思想传给了我,这些年我喝白开水,吃最便宜的快餐,抽最劣质的烟,除非有人请客,绝不和同事聚餐,从未想过出去旅游。钱彻底地捆住了我的思想,我的眼睛总是盯着经济基础,灯红酒绿的上层建筑与我无关。我终于发现,我不可能成为自由主义者,也不敢像唯美主义者那样赞颂所有的美,出于对盗版资源的偏爱,我甚至都不是一个合格的文艺青年。

不过,多年的独居生活还是让我掌握了快乐的诀窍,一旦痛苦来袭,我就尝试关闭所有知觉,切断一切追问,以抵达理性的假死状态。母亲的死却激活了我沉睡的自我意识,那个我逃避已久的真相而今就像达摩克利斯之剑日夜悬在我的头顶:我活得多么失败，是的，彻头彻尾的失败。然而，我明白，只有对生命存有执念的人才会决然赴死，对生活毫无热情的我，根本没有足够的勇气完成那激烈的一跃。深圳的恒温本来就让人难以察觉四季的变化，而没有了工作的坐标，周中和周末的界限也变得模糊，时间便以加速度的方式向前溃散，不知不觉我已在深圳做了一年的无业游民。直到年底，我才买了一张回家的火车票。

临行前夜，在旧货市场处理掉大部分生活用品后，我又去废品收购站论斤卖掉了所有藏书，从那只满是污垢和老茧的手中接过八十块钱。走回住处的路上，我越过那栋我住了七年的灰色公寓楼，沿一条上坡路走向银湖。这条路我之前走过几次，路上的人总是很多，从面部表情判断，他们散步的目的似乎只是为了加速胃部食物的消化，同这些以群居动物的面貌出现的人走在一起，会让人产生一种短暂融入集体的错觉。但要不了多久，这种不假思索的生活气息就会向我显露它全部的盲目性和压迫感，驱使我扭头躲进单身宿舍。也许是抱着凭空出现某个人来拯救我的幼稚念头，留在深圳的最后一夜，我不知疲倦地朝着路的尽头越走越坚定，却没想到它竟如此漫长。接近午夜时下起了一场仿佛有意要浇灭激情的急雨，我躲进别墅区大门前为保安准备的遮阳伞下，眺望那栋挂满互相缠绕的细小灯泡，像是得了皮肤病的华丽建筑。那些贴有囍字的窗户中的一扇,忽然露出一个年轻的上半身,尽管隔得很远,还是能觉察出那个正在抽烟的很可能是新娘的女人的疲惫与茫然,而我几乎可以确定,在注意到我后,她露出了一个持续时间很长以致显得有些僵硬的微笑。我挺起腰,把自己想象成只为她一人服务的门卫,在她抽完烟消失在窗口后,我仍留在原地站了很久,路灯里的雨水像一支支透明的失事火箭在我的眼前坠落。

我没有告诉父亲我的计划,随身携带的也只有行李箱和双肩包,他一时看不出端倪,仍像从前那样拿出好酒招待我,然后在饭桌上为已经离世的母亲和远在他乡的姐姐摆上碗筷,以便营造出年夜饭的气氛。等到年过完了,父亲终于耐不住性子问我买的是哪天的火车票,我说我已经辞掉了深圳的工作,他愣了一下,很快又恢复镇定,说回来歇歇也好。我们的谈话从来都是适可而止,有着海明威式的简洁,不过水底下的冰山还是冰山,没有任何可供解读的空间。父亲大概思虑了一宿,最后得出结论,他的儿子一定是失恋了。他甚至主动来安慰我,说这种事不必急于求成,现在的年轻人结婚都晚。由于不想多做解释,我索性接受了失恋的说法,毕竟人间失格的想法过于抽象。

很快连邻居家的小女孩方念萱也知道了这个消

息。一天傍晚，我站在门口原先用来碾谷子而现已被废弃的石磙上，一边抽烟，一边尝试欣赏晚霞，连蹦带跳经过的萱萱忽然停下来问我是不是失恋了。我笑着问她是怎么知道的，她没有回答我的提问，反而歪起脑袋问我是否知道失恋的人不能做什么，我摇摇头，她说答案是不能喝酒，因为借酒消愁愁更愁。接着她便放声大笑，这是我第一次看到原来人真的可以笑得前俯后仰，她还想说点什么，却被她的奶奶唤了回去。当老人大声叫喊孙女的名字时，我才意识到，在城市生活的那些年，我好像从来没有听过一个人呼唤另一个人的名字。城市的噪音在不断扩张，人们却习惯了轻言细语。我在深圳租住的单身公寓日夜笼罩在窗外无休无止的鸣笛声中，以至于我不得不借助一副日本进口的耳塞才能入眠。我做过很多无声的梦，梦里的人用夸张的嘴型冲我喊叫，我却听不清他们到底在说些什么。虽然从未有过隐居的想法，但我还是天真地以为回到村里至少可以觅得一份清净，却没想到常住人口骤减的农村已不再寂静。

上世纪九十年代被拆掉的高音喇叭重新架了起来，每天上午和下午各有三小时的电台节目，主要播放中央政策、点歌节目和房地产广告。几乎包揽了所有节目的两名女主持人，似乎在努力尝试将旧乡村拖进新时代。附近几个村子离得不远，每天广播同时响起时，由两个女声交织而成的诡异合奏便取得了天空的绝对控制权。下午广播结束后没多久则会响起广场舞的音乐。和城里一样，年轻人似乎永久地退出了广场，村头新修的健身场所只属于渴望健康地活下去的中老年人。领舞的是我的小学数学老师，二十年前，她的口红、连衣裙和宽檐帽就曾引来不少非议的目光，如今退休之后因照顾生病的老母亲而长住娘家的她，依然引领着乡村的时尚。天黑后，那盏孤零零的太阳能路灯直直地照着她扭动的身体，她的每一个动作都比身后的人做得更用力，仿佛倾注了全部的感情。她应该没有认出我，因为很显然，她已经完全沉浸在自己的艺术之中，尽管观众只有在一旁打闹、衬得四周越发寂静的留守儿童。白天她动情演唱的红色歌曲不时穿过窗户，从已成为农村有闲阶层标志的卡拉OK机里清晰地传进我的耳中，令我不时感到老家已经陷入永恒轮回，而我再也不可能逃出去。

萱萱的出现总是能打破这种错觉，历史与她无关，她总是哈哈大笑，这笑声如此动听，以至于我常常想要掏出手机录下来。其实很难解释她为什么会这样开心，她和奶奶住在村里所剩不多的破旧瓦房里，在上海送外卖的父亲只有过年才会回来，她的云南籍母亲则在她还不记事的时候就已经离家出走，谁也不知道她去了哪里。也许乐观本身是与生俱来的，而萱萱很幸运地拥有了这种天赋。我们还没有做正式的自我介绍呢，在我家二楼的地板上跳完房子后，她忽然清清嗓子对我说，我叫方念萱，小名萱萱，我今年九岁，是高桥镇中心小学三年级的学生，现任班长一职。我勤奋好学、品学兼优、爱好广泛，是一个德智体全面发展的三好学生。我很喜欢交朋友，你愿意做我的朋友吗？好了，该你了。

我叫方东树，今年三十三岁——我刚开始，方念萱就再次被奶奶给叫了回去，楼梯间随后响起的脚步声将我留在一片临时中断后的空白之中，而我决定对着窗外逐渐暗下去的夜色，继续我的自我介绍——从小大家就说我是块读书的料，我也早早地将考上名牌大学列为人生的目标。我渐渐爱上了死记硬背，一遍遍地重复仿佛可以填满颅内的缝隙，让我感到莫名的充实。我每天只知道写作业、做卷子，梦里都在背单词。我就像完形填空题里的正确答案被小括号紧紧裹在原地，从小学到高中，一住就是十二年。和很多小地方的人一样，我上大学才第一次去了外地，坐在九月的火车上，带着逃离的激动和紧张，期待远方的天光。可惜一路上的风景是如此单调，而南京的天也没有想象中的那么蓝，除了几处终日被游客包围的景点，大学四年我几乎全都是在室内度过的。选择英文这个专业，是因为读中学时我的英语成绩总是考得最高；选择那个长有雀斑的女生做女朋友，是因为她说她很喜欢我而我感到自己不得不承受这份爱意，正如分手时我不得不承受她对我的恨意；选择成为一个专向非洲人销售手机配件的外贸业务员，是因为毕业招聘会上我只通过了这一场面试——严格来说，这些都算不上什么选择，而只是被选，或者说得更准确些，是受罚。你站在地铁门口，车上人很多，你还在犹豫要不要上去，却被人硬生生推了上去，你回过头，想看看究竟是谁在推你，却发现身后只有一群一脸无辜的乘客。我常常感到自己就是被这种不知出处的合力推着往前走，往前走，却不知前方到底有什么。反正到了终点站大家都会下车，我就跟在人的后面，假装自己也是一个人。在他们定义幸福的地方，我只看到痛苦，作为一个农村人，我的痛觉显然过于城市化了，这可能就是所谓的命运的玩笑。以前我是城里的乡下人，现在是乡下的城里人，这种身份的游离甚至得到了法律的确认：去南京上大学时我的农村户口迁过去变成城镇户口，毕业后户口没有着落，我想迁回农村，却遭到组织的拒绝，因为这种想法有悖现代化的进程。于是我成了一个既没有土地也没有房产，在任何地方都只能暂住的中国人。好了，那么，你愿意和我交朋友吗？

村里确实有一个年轻人愿意做我的朋友，他叫方望，和我一样喜欢在村子周围的田野上漫游。有时他会在广场上用极其缓慢的脚步，犹如举行仪式一般一遍遍地划出那个代表着无穷大的∞。偶尔碰见我，他会立定并用戴有电子手表的那只手冲我敬礼。方望的奶奶向我解释说这个动作表示的是喜爱，为了对得起这份信任，我决定朝他回礼，于是每隔几天，我们就要在田埂上演一出无人欣赏的乡村哑剧。我去县城念初中时，方望还是一个白胖的小孩，现在却长成了一个瘦弱而黝黑、只剩一只眼睛的小伙子，那只不能自如转动的义眼让他的脸即使在大笑时也挂着悲戚的神情。几年前的一个雪夜，他脱光衣服在镇中学的操场上狂奔，随后又跑到宿舍楼顶往下跳，两个保安拿床单兜住了他，但最后他还是跌在地上，被一块尖石头戳瞎了一只眼。方望的发病让人们想起他那投河自尽的母亲，原来时隔多年，她还是将自己的精神问题准确地传给了儿子。小时候只要下雪，那个长发女人就会光着身子在田地里奔跑，有时她的丈夫会抻着毯子在后面追，每次看到我都忍不住想，这个男人马上就要跌倒在毯子上，而这块毯子会带上他和他的妻子朝远处的高山飞去。

　　元宵节过后没多久，两年前就已从倒水河水库退休的父亲，忽然告诉我他要去佛山打工了。我的表哥在那里承包了若干个小区的天然气管道安装工程,他过去帮忙,一个月可以挣四千块。父亲不无深沉地向我解释说此举是为了帮我凑够去县城买房的首付,他表示很后悔选择回家盖房,那时他还没有意识到商品房和儿媳妇之间的绑定关系。当然,我猜他更没料到我会成为无业游民,所以这样做大概也有故意刺激我的意思。但在我看来,他的离开正当其时,我已无法承受他的沉默的注视。我骑上排气管似乎随时都会爆裂的摩托车送父亲去黄安县汽车站,他当年出车祸时骑的就是这辆车,如今它的反光镜怎么也掰不到正确的位置上,码表也不再显示,座垫脱离了车身,只能拿绳子绑着。候车室人不多,我和父亲坐在生锈的铁凳子上默默抽烟,已有四十年烟龄的他嘱咐我少抽点,说烟抽多了对身体不好。

父亲走后,我的作息更像真正的农民了,天亮就起床,天黑便有困意。母亲养的鸡还活着,早上我把它们从鸡笼里放出来,抓一把专门用来喂鸡的麦子撒在地上,它们的胃口总是很好,不停啄食的样子让人忍不住想要尝尝生麦子的味道。我的婶婶也起得很早,喂完鸡在门前小路上散步时,她不时会跑过来拦住我,让我帮她看看智能手机的问题,她总是不小心删掉某个应用软件,却不知道去哪里把它找回来。

路边的菜地没多久就荒了,我本来打算把菜继续种下去，很快就发现无从下手，有两样青菜我甚至都叫不出名字。我的母亲从前很会种菜，总有人来找她要种子，但正如我没能从一辈子同鱼打交道的父亲那里学会捕鱼一样，我也没有从母亲那里继承任何种田的技能。为了让我集中精力学习，他们从小就不让我做任何家务，多年的教育使我变成了一个远离土地的空心人，彻底丧失了日常生活的耐心和兴致。唯一能称得上好处的副作用是，我对物质的要求很低，很容易把自己养活。萱萱的奶奶偶尔会送我一些她们吃不完的青菜，等到实在没菜下锅了，我就去镇上的超市，拣些最便宜的菜买回来。

开设在高桥镇政府边的文化中心的图书室里，一堆封面鲜艳的心灵鸡汤、教辅资料和网络小说中间，居然摆了几本书脊像是被人啃过的柏拉图对话录，于是每次买完菜，我就坐进去读读苏格拉底的教谕。分手的时刻到了，苏格拉底死前说了一段我坐在离开深圳的高铁上看着窗外的人群时，很想说却不知道该如何准确表达的话，我去死，你们去活，谁的路更好，唯有神知道。那家父亲从前经常光顾的酒家居然还在，光头老板也没有换，只是胡子已全白，有了道家的气质，我提着塑料酒壶去他那儿打四块钱一斤的劣质白酒。在有月光的夜里，我把白酒灌进矿泉水瓶子，沿着那些残留在地里、曾用来灌溉的黑色水管，喝着酒在无花果林里游荡，总是能听见受到惊吓的小动物在林中仓皇逃窜的声音，而四声杜鹃那谐音"各个快活"的鸣叫声在夜空中不知疲倦地一再响起。就这样，我的乡村生活竟过出了一点垮掉派的诗意。

我度过了极其无聊的青春，这无聊深埋在体内，反而起到了隔离的功效，使我甘于平庸与乏味。但我还是高估了内心死寂的程度，随着春天的到来，地上、水上和山上的各种植物相继活动起来，连吹在身上的风都带着绿意，我的脚便有点不受控制。在门前小路的尽头，我没有像往常那样回头，而是踏上通向镇子的主路，又在一片醒目的油菜花的引诱下，从主路下来走上一条朝北的小路，去察看那些点缀在路边的苜蓿、荠菜花和黄花地丁，似乎每一种颜色的花都发出了一份属于自己的光。就在这时，我忽然感觉这条路转弯处的形状似曾相识，回头望向丁字路口那棵长着树瘤的苦楝树时，才恍然记起路的尽头便是丁家村。

多年前的一个夏天，父亲和我在这棵苦楝树下等着丁家父子前来会合，去镇上坐车到县城的酒店参加战友聚会。饭后父亲们仍在餐桌上劝酒，我和丁则明则迅速结成联盟，同另外几个小孩拿吃剩的橘子皮当子弹，玩起狙击游戏。那家酒店有很多空房间，到处可以藏身。没过多久，我发现丁则明不见了。在打开一道又一道门和一个又一个衣柜后，我终于在过道尽头的房间里，看到站在奏着国歌的电视机前朝我挥手的丁则明。我走过去，看见一个年轻的外国女人在即将离港的邮轮上流下了泪水。快看，香港回归了，他说出了这句成熟得与他的年龄颇不相称以至于我至今铭记于心的话，我们见证了历史。

我们也曾在这棵树下捡拾过玻璃碎片。得知镇上的废品站开始收购这些透明的垃圾后，我和丁则明约在一起，一人拿一个肥料袋，在附近的村庄里四处寻宝。那天，在这棵结满了酷似青李的苦果的树下，不知是谁打碎了玻璃酒罐，留下一地的酒气、枸杞和闪闪发光的玻璃碎片。经过一个暑假的收集，我们用满手的伤痕换来了整整一麻袋的玻璃，然后用他家的板车，顶着大太阳将玻璃运到高桥镇卖了两块钱。我们一人吃了一支雪糕，又用剩下的钱买了两个弹力球，但我的那一颗在回家路上不小心蹦到路边野溪里去了，我在水里摸了很久，也没能把它找回来。如今我每次路过野溪，都会想起那颗蓝色的小球。

于是我又想起某个冬天的清晨，也是在这棵树下，我等着丁则明去镇里游玩。雾越漫越大，完全淹没了来时的路，正当我打算回家时，他却带着一张笑脸出现了。我们去镇上的街道收集春节过后残留在路边的小鞭炮，很快我们的口袋就鼓了起来，正要带着这些即将兑换成爆炸声的战利品回家时，我在那家卖酒的小店门口捡到一张十元的钞票。这在当时是一笔巨款，我们买了很多平时想买的零食和玩具，度过了童年里最奢侈的一天。回家时天已经黑了，自然免不了父亲的一顿打，但我已在心里掂量过，享受了这么多，挨一次打是值得的，只是没想到父亲发现我口袋的玩具后一口认定我是偷来的，没等我解释便将它们扔进了门前的水塘里。次日清晨，我在塘边意外发现脚下幸存了一颗弹珠，但在一种很可能是我生平第一次体会到的绝望之下，我拾起这颗弹珠，重重地扔进塘里，水面随即响起一声在我事后的回忆里会成为童年结束之象征的脆响。

其实偶遇丁父后，这些与丁则明有关的童年小事便不时在我眼前浮现，使我多次萌生找丁则明叙旧的冲动，只是我无法积蓄足够的勇气去复活一个在记忆中沉睡已久的形象。小学毕业后，我们去了不同的中学念书。在将近二十年的时间里，我只见过丁则明一次，当时我们还在上大学，一个在武汉当上了包工头的小学同学春节期间在高桥镇的小餐馆里组织了一场聚会。丁则明的脸没什么变化，体积却发生了剧变，像是有人将儿时圆胖的他猛拉成高而瘦削的模样。那次同学会上本来答应要来的几个女生都说临时有事，叫那些有意想要见证女大十八变这一美学奇迹的男生很有些索然。一桌子人里只有我和丁则明还在读书，其余的人大部分都在粤语区打工，和村里的长辈一样，他们将大学生视为上等人而大加赞美，却又想要在酒量和嗓门上把我们这些书呆子给比下去。不知道是不是这个场合刺激了丁则明的烟瘾，他不停抽烟，一包抽完又出去买了两包，继续为这场漫长的聚会增添迷蒙的烟雾。我和丁则明不停在餐桌上挥手，以防那些苍蝇落下来抢食，后来我放弃了防卫，他还在执着地与那些带翅膀的小生物搏斗。

那次聚会后，我们留下了彼此的联系方式，不过除了换手机号码时发给对方的信息，我们几乎没有联络过。从他前些年不时更新的社交状态得知，从北京的大学毕业后，他做了图书编辑，不时分享一些新书信息或营销活动。从我这方面看，他过上了一种与我无缘的高级的文学生活，很难想象他为什么要从首都退回乡下。而现在，走在这条以苦楝树为起点的小路上，我终于决定要去拜访丁则明，以便弄清谜底了，尽管我并不确定他是否还待在老家。

沿着那条几次转向的小路走到一条分岔路前，迎面走来一个扛着锄头、皮肤黝黑的老人，我几乎立刻就认出了这个已经放下屠刀的屠夫，从前他负责收买附近几个村子的生猪，也经常将鲜红的白皮猪肉摊在自行车后座两边去各村兜售。有年冬天，母亲带我去他家索要据说已经被他赌博输掉的卖猪钱，那间黑魆魆的屋子没有电灯，也没有生火，冷得我直跺脚。而每次我一有动静，他就会瞪我。母亲力陈自己的苦衷，他却一言不发，佝着身子坐在烛光下抽烟，巨大的影子投满整块墙壁，一根烟刚抽完便就着烛火去点另一根，火苗在他的压迫下摇摇欲坠。我很害怕整间房子就此陷入彻底的黑暗，而他会像杀猪一样杀掉我们。我见过他杀猪，为了不让猪惨叫，他从裤腰里掏出一根红绳紧紧绑住那头奋死抵抗的牲畜的嘴，使它的嚎叫声沉闷得像是传自地底。他可能已经备好红绳，随时准备套住我和母亲的脖子。我被自己的想象吓到了，没能顺利完成母亲交给我的任务，来时母亲嘱咐我要是她讨债无果，就由我来接替她求情，也许她认为小孩的话更能打动屠夫的心。母亲频频朝我努嘴，我却支支吾吾一个完整的句子也说不出口。我记得回村的路很漫长，地上的土冷硬得如同刀背，踩在上面很硌脚，母亲拿着手电筒一声不吭走在前面，像是要遗弃我。

我决定向如今看上去已全无戾气的老屠夫问路，等我不断提高音量，第三次喊出丁则明这个名字时，我才意识到他大概已经聋了。正要随便选一条路走，忽然听见有人在喊我的名字，又听到一阵急促的狗吠，我转过头看见路旁杂生的油菜丛中钻出来几条土狗，紧随其后的是一个瘦弱的身影。我听见有人在喊我的名字，这是丁则明对我说的第一句话，就猜到是你，去我家坐坐吧。说完他冲那几条狗吼了几句，它们就呜咽着奔走在我们身后。这个重逢的画面有一点戏剧性，他却显得很从容，仿佛他一直在村口转悠，以便在我到来的时刻，他能够在场。

  丁则明的脸上堆满了活泼的笑，但还是能从中窥见在大城市久居过的人不经意间露出的疲惫的病容。他的步子似乎有些不稳，像是失去了内在的平衡，不知是不是由不时发出的咳嗽声带来的。在这座我很多年都没有进过的村子里走了没多久，便来到丁则明家，眼前的这栋房子几乎是我家的翻版，只是门口多了间堆放杂物的小石屋。丁则明也住在二楼，我们在茶几边的沙发上坐下，一阵沉默的尴尬后，他起身去楼下取热水瓶，说要给我泡茶喝。我的目光被房间里的书所吸引，它们整整齐齐地立在像是用木板临时搭建的书架上，架上放不下的书溢到地板上，东一摞西一叠堆得到处都是。屋子里还摆放着一把带有虫蛀痕迹的梳背椅和一张油漆快要掉光的梳妆台，从台面上凌乱码放的书和笔具来看，这套与整个房间颇不相称的家具是丁则明的工作台。

  丁则明端着一个印有"出版社六十周年纪念日"字样的白瓷茶杯走上楼，茶水倒得有些太满，他不得不佝着身子走,见我在看书架,便告诉我这些书都是他在北京工作期间积攒下来的,有些是出版社样书,有些是从地坛书市或在网店打折时买回来的,但更多的书已经无法分辨来源,只是舍不得扔掉,才全都带了回来。我当时租了一辆小型厢式货车,丁则明继续用一种颇具文学性的语气说道,带着几十箱书和一大堆因为租了车就没必要扔掉的破烂,从四环边上的出租屋外朝出京方向驶去。没想到的是,遇到堵车后,司机竟绕到了我上班的图书公司外面的大街上。看着那一整排每一家我都吃过的小餐馆和那些站在门口抽烟的面熟的服务员,我才清醒地意识到我确实要离开这座我生活了十四年的城市了,一种迅速升起、堵在喉咙里的悲凉感,令前一秒种还在和司机谈笑的我,陷入彻底的失语。仿佛是为了配合这种情绪,那天夜里,高速公路上漫起了我从没见过的人造般的雾气,它们源源不断地从看不见的地缝钻出来,消除了所有事物的界限,眼前白茫茫的一片,偶尔有蓝色的路牌从雾中钻出来,像一块神匾令人不安地悬在半空。

像是在犹豫要不要继续往下讲,丁则明顿了一下,扶了扶滑到鼻梁上的眼镜。我直视他的眼睛,尝试给出鼓励的暗示,他却又将话题转到眼前的书上。做编辑的这些年,他叹气道,我经常会在文案里毫无底气地提及很多我根本没有读过的书,本打算以还债般的决心,耐着性子将这些跟着我四处搬家的经典作品通读一遍,谁想回家后我的阅读速度反而变得更慢了,一页书半天都翻不过去,读着读着就会犯困。这些反应使我不由得反思,有没有可能我根本就不是一个合格的读书人,从前摆出来的阅读姿态,不过是想要借助这种廉价的方式来实现精神上的阶级跨越。而现在,当我重新回到农村,我真正的内在德性便得以显露。这半年我尤其读得少了,甚至感到自己必须对这些书籍来一次尼采式的重估,谁料书架里居然长出了一窝老鼠,它们啃掉了十几本我珍藏多年的哲学名著,像是在提醒我思想有多脆弱。

其实我早该猜到高桥镇图书室那些被啃噬过的柏拉图对话集是丁则明捐的,方圆百里之内,除了他还会有谁读哲学。丁则明应该已经戒烟了,我的烟瘾却犯了,下意识地摸了摸口袋,他敏锐地捕捉到我的意图,立刻跑去楼下给我找来一整包烟,硬塞到我手里。接着他又执意留我吃午饭,说着就要去厨房备菜。我感到很难推辞,索性应了下来,这时我才想起来按照习俗,我应该提点东西过来的。

丁先国戴着一顶像是从水里打捞出来的草帽,手持喷头背着绿色的农药箱从树园归来,我的出现似乎令他颇为高兴。午饭时,在他的盛情邀请之下,我喝了一杯白酒,这已是我的极限,他却不顾儿子的劝阻,给我开了两瓶啤酒。他半是玩笑半是斥责地说丁则明完全不像自己的儿子,酒都不会喝,又怪他炒的菜味道太淡,好好的红菜薹都被他糟蹋了。我望了丁则明一眼,感到有些羞愧,好像我是特意跑到他们家跟他争宠似的,他的样子倒是很坦然,像在静静地看着父亲的表演。

可能是酒精的作用,丁父的话越来越多,透露出的信息也就愈发密集。我从中了解到,丁则明的母亲前些年信了主,总往建有小教堂的邻镇跑。丁父断定她鬼迷心窍,信了邪教,去年教堂的拆除,更是佐证了他的判断。他以为她会就此消停下来,哪知道她还是经常一个人念叨着天上的父,有时竟忘了给地上的父做饭。他们像往常一样大吵一架,牺牲了不少碗具,丁父本以为一切会如同往常那样迅速恢复平静,却没料到丁母这一回竟选择一走了之。直到最后我才弄明白这已是两年前的事,他说起来却像是发生在昨天,也可能他就是靠这种反复的埋怨来保证妻子的在场,以便维持家庭仍然完整的幻象。

透过丁父那令人不适的自我暴露的口气,我也得知了这场由来已久的家庭纷争早年埋下的乡土文学式的伏笔。上世纪七十年代,尚未成家的丁则明的叔叔和丁母住在一个屋檐下,无处安放的欲火便烧到嫂子身上，受到欺辱的丁母托人给丁先国去了一封急信，后者竟在盛怒之下擅自从部队跑回老家，打掉了兄弟的三颗门牙，结果遭到部队除名。这件事自此像关节炎一样在丁先国的心中不时发作，他将厄运的源头归结为丁母的信，如果没有它，他便能像我的父亲一样分到一份体面的工作。随着酒意的加深，丁父的情绪也越来越激动，矛头开始指向我的父亲，我这才知道他们两人十几年前还短暂地共事过，当时丁先国被我的父亲方明胜安排到倒水河水库做了一阵子临时工，负责在夜里巡查水库，查看是否有人偷鱼。有一年暑假我住在父亲单位的宿舍里，他还带我去一家偷鱼贼家里吃过一顿丰盛的赔罪大餐，最后那个面色红润的胖子哭得稀里哗啦，一再向一桌子的水库工作人员强调他并没有偷鱼，只是偷了别人下的网，所以罚款至少应该再减一半。大概就是在类似的餐桌上，我的父亲无意间得罪了丁先国，按他的说法，方明胜不该取笑他的军人身份，尽管他没有拿到退役证明书，但他始终都是一名真正的中国人民解放军，所以酒后上厕所时，方明胜被他一把推进了粪坑。

没想到的是，这顿历史含量过高的午饭吃到最后，我竟跑到丁则明家的厕所吐了，呕吐过程中，我的脑中一直在想象我的父亲在粪坑里摸爬的模样。而在失去意识之前，我注意到贴在他家厕所瓷砖墙面上的那个身着情趣内衣的模特和我家厕所墙上的是同一个人,只是眼下的这一位似乎穿得更少。等我从他家的床上醒过来时,一道橙黄色的光透过卧室的防盗网照在我身上,使我一时之间既分不清时间的早晚,也不清楚自己身在何处。窗外有喜鹊在打架,房子里则安静得好像只剩下我一人。该是回去的时候了,我在心里告诉自己。我用此刻并不怎么属于我的双腿,走下完全不记得是怎么走上来的楼梯。楼下依旧没有父子两人的身影,小石屋的木门倒是半开着,里面堆着木柴、农具和厚厚一摞纸箱。最上面的一个用黑色记号笔标注着"德语文学"的字样,看来它们是跟着丁则明的书从北京回来的。这些本该去废品收购站的纸箱让我意识到,或许丁则明并没有信心将家作为最后一站,他仍然随时准备下一次旅行。我在石屋里站了一会儿,正准备转身出去,却看到木门后钉着一个用两根小树枝合成,交叉处用生锈的铁丝紧紧缠住的小十字架。原来并不是没有人,丁则明的母亲或许就像空气一样住在这里,甚至可能正在盯着我的背。这个念头吓得我透不过气,我快步逃了出去。

直至走到出村的岔路上,我才意识到不告而别似乎有些唐突。从丁家村到方家田,要经过三座被包裹在惨淡的寂静之中的村庄,从前路过这些村子,总能听见畜牲和村民仿佛在彼此寻找的渺茫的喊叫声。我朝远处的群山望去，终于明白我不可能摆脱我的童年，已死的日子从每一条路的尽头，像正从我身边经过的运沙车激起的黄色尘土那样不容分说地向我逼近，直至淹没全身。我瞧见方望藏在村口广场边的法国梧桐上，因为担心他从树上摔下，我假装没有发现他。等我走远后，方望忽然大声喊了句"敬礼"，我回头看到几只被他惊起的乌鸦在树冠上方盘旋，而他直挺挺地立在光滑的树干上，像在表演杂技。

第二天一早，听见楼下的敲门声，我就知道是丁则明来了，他在村头踟蹰时被碰巧路过的方望领到了我家门前。丁则明首先就父亲昨天的表现向我道歉，口气听起来却像是长辈在替晚辈赔礼。方望留下来，站在一旁紧皱着眉头倾听，我也不好意思赶他出去。没过多久，周末在家休息的方念萱听到动静也凑了过来，随即同方望玩起一种类似于"石头剪刀布"但规则要复杂得多的游戏，家里顿时有了不少人气，同时也让丁则明和我的处境变得甚为尴尬，面对这种简单的快乐，似乎无论我们说什么，都只会是一种破坏。对此有所察觉的萱萱提议我们四个人一起玩牌，丁则明居然第一个表示赞同。当我翻出母亲玩过的扑克，从中挑出多余的牌，摆好椅子围着饭桌玩起斗地主时，我忽然被根植于这一场景之中的难以言明的荒诞感击中,以至于我不得不随时朝门外散步的鸡瞟上几眼,以获得某种现实感。我想在这之前的丁则明大概和我一样,无论如何也不会想到我们某天会以这种奇怪的方式相聚。这款相传起源于本省,能让人在一次次的模拟中确认胜利者书写的历史的游戏,是乡亲们逢年过节时的娱乐首选。也许是耳濡目染的缘故,方望和萱萱打得很好,不管当地主还是当农民,他们总是能赢。

中午我要去做饭,丁则明却硬说自己没胃口,叫我不要做他的那份,最后我们决定冲两杯速溶咖啡,就着他带过来的黄石港饼,凑合吃了一顿。饭后,我们去已经长出了不少绿叶的无花果园散步,路不好走,地里到处都是刚被翻上来的泥土。几天前,一个收废品的外地人看中了温州老板留在地里的黑色水管,村民们闻讯赶来,从地里做手术一般取出这些遗留物。眼尖手快的婶婶抢到的水管最多,她怕别人会拿走她挖出来的管子,就打电话喊我帮她看着,卖了一百多块钱后,她一定要分我十块,我不肯要,她就买了包烟塞给我。

其实我们去年来你们村逛过,我抽着婶婶买的烟,听见站在一旁发呆的丁则明用一种追忆的口气对我说,我记得你们村后坟山底下有一棵高大的香樟树,树底常年摆着一个香炉,不少人慕名前去烧香磕头,后来才知道为了修路，那棵树好几年前就被推倒了。你们村的城市化进程比我们村的更快，丁家村的田地多半也被外地老板承包了，但好歹还留下一些，有几户人家还在坚持耕种水稻、花生和红薯。乡下人似乎比城里人更信奉进步的力量，不过没有了土地的农民，听起来像一个悖论。人们看起来好像实现了胜利的大逃亡，但土地是无法摆脱的，因为我们的农民是不可能辞职不干的。身为农民意味一种命运，从出生的那一刻起，你就注定要用翻身来证明自己，它就像黑人的皮肤一样贴在你的身上。

尽管我对他的论述很感兴趣，注意力却一直停留在他一开始说的"我们"上，趁他讲话的间隙，我便问他组成这个复数的另一个人是谁。我忘了跟你说，丁则明带着一丝仿佛在否定自己的笑意解释说，我是同我的女朋友雅玲一起回来的。在那个大雾弥漫的夜里，我们并排坐在副驾驶座上，她闭着眼睛紧紧搂住我的胳膊，因为次日还要赶回北京接活儿的司机像亡命之徒一样把车开得飞快，他一再要求我们相信他的驾驶技术，又说只要跟住前方那辆亮着尾灯的卡车就不成问题。我定眼一看，发现前方确实有两盏隐约可见的车灯，心想已经无法回头了，将我俩的命交给这个憨厚的东北人，似乎并不比交给其他人更不可靠，就不时捏捏雅玲的手，像是要通过这种方式把我的念头传给她。出乎意料的是，天亮后是一个大晴天，我们开进大广高速路边、位于湖北境内的服务区，那辆整夜在前方引路的卡车也刚开进去。从那辆车上走下来的那个一边唱着信天游、一边迈着轻快的步子走进餐馆的年轻司机给雅玲留下了深刻的印象。对我们来说没有退路、犹如死里逃生的一夜，雅玲说，丁则明微笑着转述说，对他而言不过是地球上又一个平凡的夜晚。

这里我们也来过好几次，丁则明指着果园尽头那座曾是通向镇子的必经之路如今已遭废弃的水泥断桥继续说道，在一个天边挂满云霞的傍晚，雅玲还很激动地站在那上面，要我给她拍张照片。回村后带着提前退休的惬意，我们走遍了附近的田野，身后总是跟着那三条之前一直在村里游荡、被雅玲收养下来的小狗。我们还遇上了一对很可能是从县城开车来这里偷情的男女，他们每个周末都会钻进无花果林里，雅玲对此大发感慨，说他们在用自己的行为论证土地残留的生育能力。不过，正如她在大广高速上对那个年轻司机的评论一样，她对于田园诗的执着使我清醒地意识到，她待在村里的时间很可能会比我预料中的更短。从小在北方城市长大、毕业于人类学专业的她，对于小地方，尤其是南方的农村有着过多不切实际的想象。事实上，我执意回老家的重要动机之一，便是借此机会向她提出分手,为此我不惜夸大老家的封闭与贫瘠,却没料到这些描述加深了她的浪漫主义幻想,以至于辞掉地理杂志社的编辑工作回到出租屋的那天,她的走动几乎是雀跃的。那个样子让我感觉自己有些残酷,同时对未来也产生了美好的幻觉,说不定我们真的能发明一种新生活。刚开始的一个月,一切确实都蒙上了一层温情的面纱:父亲对我的忧虑因已被他提前定性为儿媳的雅玲的出现而冲淡了不少,他同尚未离家出走的母亲着手筹备一场仅存于他们想象之中的婚礼;我因为之前工作的关系认识了不少图书编辑,还是能接到一些策划和校对的活儿,收入不高,却足以维持农村的生活;雅玲则开始了她的田野调查工作,之前我向她提及我们这边的越南新娘时,梦想成为非虚构作家、女权意识也越来越明显的她就表示对此很有兴趣,此外她还野心勃勃地列出了包括乡村宗教现状调研在内的五六个写作计划。

  一家人便在这种近乎祥和的氛围里过了一个热闹的新年,丁则明全然沉浸于回忆之中,应该说,从我记事起,我们家就没有过这么密集的笑声,连那些从前只让我觉得刺耳的鞭炮声,都有了真正的庆祝意味。但是漂亮的烟花很快就放完了,只留下一团难以散去的刺鼻的火药味。我带着雅玲去了村里的越南新娘家,那个名叫黎氏草、被村里人唤作越南婆的外国人嫁到，准确说是卖到我们村的时候，我已经到北京念大学去了，只是在过年期间去她家的杂货铺买东西，才会和她说上几句话，所以刚见面的气氛里充满了戒备的沉默。好在黎氏草的活泼很快就将我们预想中的严肃的社会学活动变成了一次轻松的朋友聚会，当她用蓝牙音箱播放一首首九十年代的粤语流行歌曲时，我才意识到这位两个孩子的母亲是我们的同龄人。庆幸的是，她的日子过得不错，几乎可以用来印证越南人的那句"天堂很远，中国很近"的俗语，这得益于她的丈夫很能吃苦，靠在武汉的工地上没日没夜焊钢筋笼子挣了不少钱，在村里盖了一栋带院子的四层楼。这个院子也成为越南新娘的聚集地，每年过雄王节时，附近村子的越南姊妹就会过来包粽子、唱歌、跳舞。黎氏草给我们看过那些聚会的照片，她每次都站在正中间，而两侧的人每年都在变，据她描述，差不多每年都有人从我们镇逃出去，同时又有新的姑娘运进来。偶尔遇到"中越纠纷"，高桥镇派出所的人还会请她去做翻译，她俨然已经成为本地的越南大使。

经她介绍，我和雅玲又去邻近的村子拜访了三个越南新娘，丁则明望了我一眼，像是在确认我是否还在认真倾听，不过我们很快引来了村支书的注意。他要求我们停止类似的采访活动，并奉劝我们不要做黄皮白心人，给外国人递刀子，当这些颇为时髦的网络语从他那张镶着金牙的嘴里说出来时，我和雅玲着实吓了一跳。当然，调研没能继续做下去也不完全与他的干涉有关，这些越南新娘的汉语大多说得不标准，词汇量也很少，想从这些几乎是一个词一个词往外挤出来的话语里提取有用的信息本来就很困难；更重要的是，雅玲的采访也很成问题，她的提纲里总是充斥着孤独与乡愁之类的大词。当我委婉地指出她的采访过于文学化时，她认为这是很严重的指责，气得从家里跑了出去，我没有急着去找她，因为我已经猜到她会去哪。后来我果然在黎氏草家的沙发上，找到了面前摆着一瓶大概是被她一口气喝光的北京二锅头，脸上挂着明显泪痕的她。当我扶着浑身酒气的雅玲走出院子时，黎氏草含笑朝我点了点头，像是在安慰我说没什么大不了的。但我知道情况很严重，这次争吵就像我们之前的冲突一样有着更隐蔽也更强烈的内在矛盾，在这之前，她多次向我抱怨母亲做的菜太过油腻，厕所臭得让她无法呼吸，而我差不多每天都要去镇上给她取快递，隔三差五还要搭车陪她去县城购物、看电影，可惜整个黄安县都没有她想吃的拿破仑蛋糕和拿铁咖啡，她想看的文艺片通常也不会排映。

你明白我的意思了吧，丁则明的嘴角微微颤抖，用一种与其说是愤怒，不如说是悲痛的语气说道，作为中产阶级的女儿，城市已经成为她的身体，在乡下生活一个月已是极限，而她已经住了三个月。也就是说，我们之间的矛盾归根结底是城乡对立，这是许多和我们情形类似的恋人所不愿意承认的。我和所有进城的农村人一样，每天穿着干净的衣服，去星巴克谈文学和电影，在回忆中一点点漂白自己的出身。时间一长，就真的以为自己已经脱胎换骨，却没想到，我们的祖先早就把我们的一切烙上了农民印。农民的繁衍更像是细胞分裂，除非基因突变，否则是没有传承和进化可言的。雅玲从前总是抱怨我不够爱她，我一直找不到问题的症结所在，回村后我终于明白，我只是不能像一个城里人那样爱她。我现在甚至认为爱情本身就是城里人的消遣，农村的夫妻根本就消受不了爱情的刺激，他们必须用情感的淡漠维持家庭的稳定。对农村人而言，婚姻只是一种最小单位的众筹方式。我们身边从来就没有过爱的例子，也没有接受过爱的教育，所以在城里，我们只能学着别人的样子去表达爱意，但终究还是学得不像，一不小心就原形毕露。

不觉间，我和丁则明走到了温州老板留下的那栋未完成的酒店前，也可能我们本来就将它定成了目标，它的拔地而起实在太过显眼，突兀得像是海市蜃楼。我们决定爬到别墅的天台上看一看，本以为会遇上一两个乞丐，却发现大楼里面空无一人，这使我意识到我已经很多年没有在农村见过乞丐了，大概他们也全都进了城。楼顶的视野很开阔，能看见一整片无花果树，树丛上方飞舞的喜鹊，以及远处层层叠叠的松树山。可能我有点言过其实了，我们这些受文学影响太深的人总是喜欢夸张，丁则明大概也受到了景色的感染，语气渐渐缓和下来，好在我从一开始就做好了充足的心理准备。第二天早上酒醒后，雅玲开始默默收拾行李，我告诉她装不下的东西可以先留下，回头我再寄过去，这句故作冷静的话显然再次刺激了她。她指责我说一切都是我的预谋，我早就料到会有这么一天。她的判断显然是对的，我无从反驳。在去往武昌火车站的长途汽车上，她一直盯着窗外在我看来近乎死板的景色，出神的程度竟使她忘乎所以地冲我喊道，快看，有很多白鹭。顺着她指引的方向，望见一群白鸟展翅欲飞时，我忽然被这突如其来的温情再次打动，几乎想要拉住她的手，请求她留下来。而现在我清醒地意识到，幸亏我当时没有这样做，否则只会再次维持横亘在我们之间、根本无法弥合的罅隙。回北京后，雅玲考上了人类学的研究生，我替她感到高兴，这一段乡村的经历对她的学术研究无疑是有用的，说不定还能被她写进毕业论文，然后在最后的致谢部分写上我的名字。

像是驮运着许多重物因而飞得很慢的三架排成一排的直升机从我们头顶驶过,丁则明抬头凝视的表情里闪过一丝诧异。最近几个月的夜里,丁则明近乎自言自语地说,我经常听见这样的轰鸣声,还以为是我的幻听。小时候看见飞机,我总是想,坐在上面的人是不是也能看见我们。现在我可以肯定这是不可能的,身居高位的人不会有俯身下看的心思,我甚至都很难说服自己去相信天上的那位总管,毕竟二十世纪的祈祷和诅咒都太多了,我总感觉祂已经忙不过来,所以再也不能迈进新的世纪。更重要的是,我不能理解中国人在经书里的缺席,也理解不了神对中国人的冷漠。从这方面来讲,我是一个狭隘的民族主义者,还不如我的母亲,尽管她信教的初衷是为了让神治好外婆的癌症。

她现在就在隔壁的二程镇帮人做早点,听到我询问丁母的下落,丁则明的嘴角露出和他的父亲相似的、让人分不清是否带有讽刺之意的微笑,店主是她的教友,一个守了三十年活寡的女人。父亲很少出村,可能他真的不知道母亲去了哪,也可能只是假装不知道,雅玲离开后没多久,母亲就因忍受不了父亲变本加厉的专制而出逃,而他当时也只是去两个亲戚家近乎敷衍地找了找。其实对母亲过去几年的生活稍有了解的人就会知道,线索就在邻镇上。当我徒步十几公里走到邻镇中心的街道，看到那座建于一九九九年的"二程"像时，我才意识到我已经很多年没有来过这里，并且第一次知道二程镇竟得名于曾在此地办学的程颐和程颢。我分不清谁是哥哥谁是弟弟，只见其中一人心绞痛般地用一只手捂住胸口，看上去活像戴着宋代官帽的亚里士多德；另一人则手持书简，抬头看向天空，不免又让人想到柏拉图。对于二程的思想一无所知的我不由得自问，从文化的角度讲，我是否还能算是一个中国人，以及是否存在一种文化上的忒修斯悖论：如果某个民族的传统观念逐渐被其他民族的观念替换，直到所有的观念都不再是原来的观念，那么这个民族能否还能以原先的名字命名。正当我入神地思考这个给我带来平静的问题时，透过雕像的缝隙，我看见了母亲的身影。那家餐馆就在雕像后面，后来我差不多每个月都要去看她一次，她就住在那家小店的储物间里，进门要低头钻过一道窄门，门上贴有一副写着"施比受更为有福，苦与乐倒也无妨"，横批为"奇异恩典"的对联，床头则放着一本盗版的大字经书。她似乎过得还不错，证据是我能看见她那被虫蛀过的牙齿了，以前她从来不笑。她和父亲吵了大半辈子，家里甚至一度有两个灶台，两人长期分开做饭、睡觉，在一个屋檐下过着分居的生活，所以说这个堪称大团圆的结局其实很完满。唯一遗憾的是，母亲走得太晚了,她应该在生我之前就逃掉。

丁则明那在渐渐冷却的语气中变得越来越频繁的咳嗽声加重了黄昏的寒意,我打算回家骑摩托车送他去丁家村,他却坚持要自己走回去。我很久都没有在一天之内接收过这么多信息,以至于脑子乱成了一锅粥,没有哪个念头能像米粒那样清晰地呈现出来。最后我索性放弃思考,坐在阳台上一面抽烟,一面凝视渐渐暗下去的黑夜。乡村的夜晚似乎有着更多的敌意,那些不时集体响起的狗吠,让人感觉到处都藏着不怀好意的陌生人。

方念萱不知从哪儿学到"家里蹲"这个词,便拿它称呼我,为了对称,我叫她"缺巴齿"。我以为她会生气,没想到她立即接话说她是缺巴齿精灵,专门对付我这种家里蹲怪兽。我们现在经常一起跳房子,下五子棋,玩木头人游戏。和她待在一起,让我感受到了这些年几乎从未体验过的松弛。事实上和丁则明的谈话也常常让我感到紧张,尽管我为本该成为朋友的我们多年来疏于联系这一事实感到懊悔,但我还是清晰地意识到我没有同他对话的能力,很担心自己的回应只会暴露更多的无知。

乡村的春天似乎并不比城市的春天更长,夏天同样来得很仓促,门前小路边的草木渐渐失去轮廓,互相勾连起来，骑摩托车的人从中穿行的样子很像是以奇怪而僵硬的姿势贴地飞翔。门口的水塘里长出繁盛得近乎炫技的荷叶与荷花。青皮的无花果也开始成熟，我原本以为它们的味道会有些生涩，却没想到这么甜。附近的村民拿着镰刀和篓子，从四面八方跑过来摘免费的果子吃。地里的蒿草长得很高，他们钻进去时脸上都挂着笑，像在一起玩捉迷藏游戏。我也进去摘了一袋，打算骑上摩托车带给丁则明尝尝。

接过我的无花果时，丁则明笑得有些勉强，事实上在接下来的谈话中，他频频露出痛苦的表情，像在默默忍受体内器官的疼痛。其实这些小说里的杀人犯毫无真实性可言，谈到正在校对的推理小说时，丁则明评论说，他们聪明到能够设法掩盖犯罪的每一个细节，却愚蠢到只能亲自动手。真正的高手从来只用思想杀人，被杀者的后代反过来还要为他立碑。可见，推理小说终究只是一种去政治化的游戏，是中产阶级的消遣，这种类型的小说能够大行其道，恰恰说明我们的文学已经越来越没有现实感。

尽管我现在的生活几乎用不上钱，见我没有回应，丁则明忽然用低沉的声音辩解似地说道，但我还是没法像你那样完全停止工作，我担心没有工作的约束，自己会彻底垮掉。从这方面讲，你其实比我更有勇气，我身上的奴性比你更重。中途我也有好几次决定不再做兼职，尤其令我无法忍受的是，工作时我经常会误以为自己仍然身在北京、一回头就能看见同事们在格子间里比赛似地敲击着键盘，而一旦重新回到眼前的农村，我便长时间地沉浸在难以言明的失落之中。我一遍遍地复盘离开北京的决定，想要向自己证明它的正确性。我曾经以为去了北京可以抵达真正的中心，却没想到生活变得越来越边缘化，越来越没有参与感，以至于我不由得经常问自己，如果只是为了维生，我这样活在首都跟活在村里到底有什么区别。在北京生活十几年后，我的工作、恋爱乃至一日三餐全都变成了像电钻声那样不得不承受的令人烦心的噪音。做出决定的那个下午，出租屋里的空调又一次坏掉了，我没有像往常那样以打补丁的积极心态翻出维修电话，而是任由自己的冲动在汗流浃背的闷热中发酵：是的，我为什么就不能逃离这四处都是漏洞的生活？应该说，从背着书包走进小学的那天起，我就像一条奋力游动的蝌蚪一样，踏上了一条随时可能掉队的向上之旅，经过二十多年作为道德义务的学习和工作，我仍在底层的漩涡里打转，几乎没有哪一天不是在紧张、疲惫和不安中度过的，为此我决心退出动物世界的竞争游戏，活出一点人的滋味。

　　楼下忽然传来一阵叮叮哐哐的声音，透过窗户，我看到丁父从小石屋里背了把铁锹出来，他的怒气冲冲让人感觉他找到的是一件凶器，而他正要去动手杀掉某个仇人。听见我问他雅玲走后，他为何还能同他的父亲共同生活那么久，丁则明便向我讲起他与父亲的相处。有一回我们相约去镇上捡鞭炮你还记得吧，他说，回家前我已经做好了挨打的准备，却没想到他下手那么重，我的腿都快被他打折了。不过，比起肉体上的惩罚，我更害怕他的精神攻击。学习成绩的下滑，工资涨不上去，找不到结婚对象，一切都能成为他讽刺的对象。父亲的阴影因而一直尾随我，在班主任、上司乃至城管、保安那里，任何一个成年男性的手势、眼光甚至仅仅是一声叹息，都能将我彻底制服，使我瞬间退回儿子的状态，进而做出丧失人格的决定。我终于意识到，像我这样的人是不可能去反抗任何集体的，也不可能真正理解西方文明。为此我必须找到污染的源头，清洗我的童年。因此我与父亲的相处是一场类似于冲击疗法的心理学实验，效果还是明显的，至少我现在已经不再畏惧他的声音了，在沉默的对视中，我尝试将这些年来他强加给我的暴力全都送还回去。其实我什么也不用做，仅仅是从北京跑回村里这个不寻常的举动，就能让他的自尊心受到重创，再也没法在亲戚面前抬起头来。现在我对他既没有爱，也没有恨，只剩下同情，同时我也提醒自己不要滥用这一情绪，因为过量的同情意味着自我的又一次消解。我想只有在维持表面孝道的前提下,从心底彻底剔除父辈的余毒,我才能获得剜肉剔骨式的新生。

丁则明摘下眼镜,用那双因失去了遮挡物而愈发显得疲惫和哀伤的眼睛,打量镜片上的灰尘并冲它呵了口气,接着又以缓慢得近乎迟钝的速度,用上衣的下摆擦拭镜片,好像在尽可能地延迟重新看清这个世界的时刻。窗外忽然吹进一阵大风,受其挑衅,电风扇的扇叶发出气呼呼的声音,看起来是要下暴雨了。我们决定下楼去呼吸一下带着水分的空气,三条小狗闻讯立即摇头晃尾地跟了过来。丁家村的楼房普遍比我们村的建得高,人似乎也更多,到处都有眼睛。一个戴着眼镜、胡子花白的老人倚在一栋高得有些孤立的别墅前,向我们打招呼,丁则明冲他挥了挥手。等我们走远后,我回头看到那个老人居然登上了楼顶的天台,像是在监视我们的去向。

他的孙子丁云鹏也在北京,在水塘边枝条已经发硬的柳树前停下后,丁则明说,前两年他创办了一家倒卖版权的影视公司,赚了不少钱,便出资在村里炫富般盖了那栋七层楼,像是要用它来俯瞰整个村子的贫穷。在北京的时候,丁云鹏约过我好几次,等到我终于想不出还能用什么借口推脱时,我应约参加了一次由他组织的同乡会。那次聚会确实令我大开眼界,我才知道我们县居然有那么多精英聚集在京城。吃饭的地方是二环边的一家高档餐厅，老板也是我们的老乡，里面的时蔬和腊肉据说都是从武汉空运过去的。这些在政治或经济上大显身手、大多已经拿到北京绿卡的成功人士互换名片后，一脸满足地吃起了正宗的家乡菜。在对儿时美景的回忆中，他们用一个比一个抒情的语调，在金窝、银窝和狗窝之间做出一番不无深情的比较。今年过年，丁云鹏还跑来我家，劝我加入他的公司。显然他一直没有意识到，虽然我们是从同一座村庄走出去的，却活在两个完全不同的时空里，我不可能拖着我这副二十世纪的身体，进入他那家二十一世纪的公司。

现在我和他的爷爷比较熟，示意我们继续往前走后，丁则明继续说道，我们偶尔会一起下象棋，他让我一半的棋子，我却从来没有赢过。经由这位曾在镇上教书的先生的回忆，我才知道我们村其实早就和北京发生了关系，上世纪七十年代有两个从昌平过来插队的大学生，其中一人在一个暴风雨夜失足掉进刚才我们路过的那口水塘里淹死了，也有人说他是被他的同伴失手打死的。不管怎样，这件事使我意识到，对村庄的历史一无所知的我，或许应该从装有无线网的房间里走出来，同村里仅剩的几位出生于民国的老人建立联系，以便获取时间的情报和档案，用历史的失落来化解个人的失意。当然，应然在我身上几乎从来不会成为实然，其实我和雅玲，或者说和所有的同龄人一样，中应试教育的毒太深。我们总是下意识地认为，写在书本上的概念要比实践中得来的知识更重要，而我们从教科书上学来的不过是对格式的高度依赖，总是忍不住想要找到中心思想和标准答案。从这个角度讲，我们全都是没有知识的知识分子，害怕真正的思想，更畏惧真正的行动。

来到村后的树园时，我记起多年前我曾踩着烫脚的沙子，从一条如今我已记不清在哪的小道，偷偷钻进这片当时长满梨树的林子，想要偷梨吃，却发现所有的果实已被摘光，只剩下不知从哪飘来的梨子的香气。园内如今栽有香椿、银杏、枸骨，以及许多不同品种的我从未见过的景观树。这些都是寄养在此地的商品，丁则明介绍说，一旦长好，就会连根挖出来，用黑色的薄布裹住根部，运出去卖钱。去年刚卸任的村支书从一个江西老板那里把这个园子盘了下来，原来的老板每年都会象征性地发点土地租金，村支书却好像把这事给忘了。不久前树园的铁栅栏上挂起一块从方便面纸箱上撕下的纸片，有人用正楷的字体在上面写了一首打油诗——"丁家村，不一般，政策虽好黑了天，村干部，真是好，占了水田又占山，肥了自己腰包鼓，又吃又拿大胆贪。"——村支书当然立刻就猜出这是丁云鹏的爷爷写的,他提了一瓶酒和一条烟登门拜访,第二天告状牌便消失了,村子又恢复了表面的平静与和谐。

现在我常常能透过这个村子看见整个中国的结构,丁则明正准备对此事予以总结时,树丛中传来一阵窸窣的脚步声,我以为是正在林子里种树的丁父,却看到一个精瘦的老人。很快我就意识到他就是丁则明刚提到的村支书,而我是认识这个镶着金牙的老人的,念小学时,学校曾以勤工俭学的名义多次组织我们去他家干农活。他用脸上的皮冲我们笑了笑,接着便以长辈和权威的口气,半开玩笑地指责丁则明不懂事,老父亲在那汗流浃背地工作,他却在这夸夸其谈。随后又板着脸问我是哪个村的,是谁家的孩子,怎么不出去打工,直到我说出父亲方明胜的名字,他才恢复政客般的微笑,朝林子深处走去。

当我们在前村支书的打击下默默走出树园后,在我的提议下,我们决定去拜访黎氏草。远远就看见了那个戴着一对摇晃的沙金耳环、在店里挥舞着苍蝇拍的女主人。她有一头缜密的长发,颧骨略高,鼻子两翼长着雀斑,以西方的审美标准来看,或许称得上美人,但在这里,她的样子大概只能呈现为南蛮的丑陋。她从挂有彩色风铃的院子正门走出来迎接我们,转身回屋搬出两张小凳子,又从冰箱取出两瓶汽水递给我们。她的样子亲切得仿佛我们是远道而来的亲人。当我们坐到那棵开着扇形红花的合欢树下，丁则明显得有些精神不振，而我虽然对这个越南女人的身世充满好奇，却又感到我想问的话不管怎么表达都将是一种冒犯，黎氏草便迅速成为话题的主导者。

她用比我们还要流利的方言谈起今年春节她的回乡之旅。她和两个同乡从广西偷渡，几经周折回到了阔别十五年的芹苴老家。她的祖母起初怎么也不相信眼下这个丰腴的女人就是离家时还只有十八岁的清瘦的孙女，最后凭着儿时在家玩耍时不小心留在手臂上的烫伤，祖母才敢与她相认，祖孙二人抱头痛哭了一场。不过黎氏草说起这些事毫无悲切之意，反而带着轻快的喜悦，很快她的话题就从越南跳回中国，讲到几天前她去高桥镇参加的酒席。那是一个她也说不清和她家是什么关系的亲戚为自家刚刚金榜题名的儿子摆的庆功宴，宴会上充满希望的热闹气氛给她留下了很深的印象，以至于她一再表示自己还在上小学的儿子将来如果能考上一个好大学该有多好，接着她又问我们高考是不是很难，对于丁则明的研究生学历，她更是钦佩有加。我和丁则明相视一笑，大概我们都意识到，尽管黎氏草至今没有拿到中国绿卡，但她已经成功归化成一个地道的中国人。屋里传来婴儿的哭叫声，黎氏草起身去里屋抱出来一个小女孩，她有一双带着动物般警觉的明亮的双眼。临走之前，我去开在院子一角的杂货铺看了看，买了几张捕蝇纸。

骑车回家的路上，憋了一下午的暴雨终于落了下来，雨水打在各式各样的叶子上，像是要击穿这些植物。我看到方望光着身子在村前的小路上狂奔，他挥舞双手，大喊大叫，似乎是在向我展示生命的喜悦。他跑得那么快，那么自由，我忽然感到也许这才是真正的健康，也许所有人都该这样活着，而方望就是为了活成这样才故意装病的。

家里的苍蝇越来越多了，从黎氏草那里买来的捕蝇纸便派上了用场，将它们平铺后放到饭桌上，很快就有苍蝇上钩。它们先是惊恐地挺直身子，以蜂鸟悬停的姿势鼓动翅膀，想要奋力挣脱，却发现自己越陷越深，六只脚被牢牢锁在胶水里；稍事休息后又发起下一轮更猛烈的冲刺，却没想到口器、眼睛和腹部也都被一点点地锁住，只剩下翅膀在凄厉地震颤；直到费尽所有气力，它们终于放弃抵抗，东倒西歪地瘫倒下去。很难不把这些苍蝇的垂死挣扎同丁则明与我的人生联系起来，我们的每一次努力换来的都是更为窘迫的险境。不过我隐约感到，我能透过丁则明那些显然是经过长时间思索而得出的结论，去重新理解过去我在朦胧诗的意义上度过的顾影自怜的生活，进而从中辨认出未来的可能性,所以我越来越频繁地拜访丁则明。

在一个蝉鸣声退去,杨树叶相互间的撞击已有萧瑟之意的下午,我们爬上了丁家村村后那座因山顶奇石而得名的大石山。读小学时,每到秋冬之际,我们就被要求每周去野外上一次"劳动课",以填满学校柴房里的柴火。各年级的班主任会拿一杆秤站在柴房门口称重,柴火超过五斤才算及格,十斤以上可以评优。我和丁则明差不多每次都会上这座大石山拾柴,这里的松果又大又多,柴耙在地上一划,就能聚拢一小堆枯黄得可以看见火焰的松针。拿稻草绳子捆好柴火后,我们便去那栋两层楼高的巨石下休息。那块看上去似乎随时会倒,像是从别处飞来的石头如今依然孤独地立在山顶,不过曾藏在石间小洞里的泥塑菩萨和小香炉如今已经不知去向,垂手可得的断枝和松果白白堆在山上,再也没有人来捡拾。

想想觉得不可思议的是,同样回忆起拾柴经历的丁则明说,我的生命居然可以追溯到那些看起来如此久远的农业上,虽然才活了三十几年,却像跨越了几个世纪。其实自从农民进化成农民工后,村里的自然环境就变得越来越好了,树又重新连成了林,到处都是鸟叫,前几天我还看见一只翘着尾巴的松鼠沿着电线爬到我家楼顶。可惜这些年我一直在发展内省的视力，以致失去了欣赏外在风景的能力，再也无法倾心于现象世界。可能只有雅玲那样在城市长大的人才长着一双善于发现自然美的眼睛，在村里暂住的那三个月，她在惊叹中拍下了大量照片。事情的吊诡之处就在这里，一个自认为没有乡愁，也不热爱大自然的人，却先于那些田园诗的爱好者，早早回到了故乡。

我们沿着大石山侧面那条儿时清晰可见，如今几乎完全淹没在野草中的小路，来到山脚下那座我完全没有印象的"县级文物保护单位"。这座用土砖垒起来的平房看上去很大，透过挂有一把铜锁的大门缝隙，可以看到客厅靠墙摆着几张裹满蜘蛛丝的桌椅。这间屋子曾是我们村公用的牛圈，丁则明向我解释说，后来又被一个来村里帮人耕地的流浪汉占去住了好几年。有一阵子我特别喜欢趴在窗口偷窥这个流浪汉的生活，他用捡来的砖块搭了一个简易的灶台，弯腰做饭的样子就像是在过家家。房子是前两年才重新翻修、挂上牌子的。而回村之后，我终于将先前零星听人提起的历史碎片连成了一条完整的故事线。这栋房子的主人丁世方原是我们村地主的儿子，上世纪二十年代以托尔斯泰式的心态投身革命，在自己家里办起了宣扬英特纳雄耐尔的农民夜校。起先他专门发动农民去攻击据说占有大量良田、披着宗教外衣长期残酷剥削农民的和尚，从而推动了全县惩治土豪劣绅运动的发展。而他那不甘落后的妻子也在高桥一带开展了剪发、放足等妇女解放活动。据村中老人添油加醋的回忆，丁则明说，敌人逼迫因叛徒告密而被捕入狱的妻子交出名单，遭到拒绝后，又将她吊在屋梁上严刑拷打，剥光她的上衣后，又拿铁丝穿破她的乳房，拉牲口一般牵着她在汉正街游行。妻子被虐待致死后，年仅二十七岁的丁世方也死在了反动派的枪下。

这个颇具革命气息的故事，当我们坐到门口为不太可能会有的游客建造的凉亭里时，丁则明以略显振奋的口气接着说道，最叫人意想不到的地方是它竟将我也卷了进去，并促使我重新反思自己的出身。生于一八九九年的丁世方有一个堂兄，婚后没多久便入伍参军，跟随镇上后来成为高级将领的陈氏去了外地，最后据说死在了一九四八年的济南战场上，而这个人就是我的太爷爷丁度。小时候我们家春台上立着一块落款时间为一九五四年、由黄安县政府颁发的"光荣家属"的木牌，父亲在一次醉酒后，不顾母亲的劝阻，把它扔进灶火里烧掉了。尽管父亲后来在提起这件事时口气里总是带着一丝悔意，但每次也要强调反正这块牌子一文不值。其实完全可以理解，毕竟在这个盛产将军的地方，抚恤金怎么也不可能发到一个解放前就已牺牲的团级干部身上。我渐渐明白，父亲原来一直将他的背运理解为家族的诅咒，按他的解读，如果太爷爷不是死在建国前夕，那么我家早就实现了阶级跨越，我却认为丁度恰好死在了一个使家族最大可能地保持了清白的时间点上。

从前出于对教条的厌恶，丁则明总结道，我从来不愿理清我的祖先与革命的关系，但现在我反而开始思考，也许我性格中决绝与果敢的一面恰恰来自家族的遗传，很可能我并不像自己想象的那样懦弱和羞怯。生活在北京时，和所有进步主义者一样，我一直在关心那些一再重复而又下落不明的社会新闻，每天摄入大量的负面信息，却从未想过一次愤怒只会取消另一次愤怒，而一直以来我们都没有去凝视世界本来的模样，却只是在浏览真实世界在社交媒体上投射出来的幻影，依靠滑动屏幕和点击鼠标而活在某种行动的幻觉之中。说到底，我们不过是米缸里的虫子，靠别人种下的粮食活着，要想得到进化，我们必须首先从缸里爬出来，以便亲手种植属于我们自己的农作物。

也许是受到了自己这番话的激励，丁则明提议去参观几公里外新修的、他一直想去看看的陈将军纪念馆，据说馆内的展览墙上有一小段文字记录了跟随陈将军从军的丁度的生平。我们回到丁家，骑上那辆破车，在干硬的引擎声中朝纪念馆驶去。电线杆上原本绷直的电线，经历紧张的酷暑后，已经软绵绵地垂了下来。治疗不孕不育和无痛人流手术的广告词在路旁楼房的侧面交替出现,此外便是五花八门的售楼广告,原来我们县已经建起了"东欧小镇"、"维也纳花园"、"维多利亚公寓"等一批有着国际化称号的小区。前些天已被我注意到的、很可能是在某场车祸中留下的带血的人字拖,仍然待在进镇的坡上苦苦等待救援。穿过镇子,骑过一条坑坑洼洼的土路便到了陈将军纪念馆,不巧的是,纪念馆因为维修而暂停开放。通过门口的简介得知,这位小眼睛的老乡十四岁就加入了游击队,并先后参加了长征、抗日战争和解放战争,建国后又在重庆、沈阳、北京等地身任要职。就密度而言,丁则明说,这个将军生命中的任何一年,似乎都比我们一生之和更大。

陈将军那张似笑非笑的脸令我想起了小学的校长,他总是带着类似的冷笑出其不意地出现在窗口或门缝里,仿佛就为了吓人一跳。在这一回忆的驱策下,也为了让这次被中断的出行有一个真正的终点,我们便决定去小学逛逛。

学校所在的那个行政村居然没有修路,一些纤长的枯藤从电线上垂下,像某种奇怪生物的触角一样在风中轻轻晃动。在村子深处,一堵我多年前见过的、似乎踢上一脚就能应声倒掉、写有"毛主席万岁"的断墙兀自出现在眼前，如同一条被人遗忘的脚注，躲在角落里默默坚守着自己的历史主张。整座村庄就这样毫无保留地向我们展示其内部的衰败，如果不是有两户人家开着门并从中传出中央电视台的新闻播报声，我们几乎要以为这座村庄已遭到遗弃。在村里兜了几圈后，我们终于找到了那所小学，准确说，是它的遗址。那道带拱顶的红砖校门依然立在原地，两边的围墙却已经坍塌了一大半，从断裂处还很新鲜的颜色来判断，应该是不久前才倒下的。

尽管之前听说过小学已被改造成养猪场，但是，穿过堆满建筑废料、养着小鸡的操场，亲眼看到这些白皮猪在我们从前上课的教室里争抢饲料时，我还是受到了不小的刺激，以至于忍不住将当年在这里伏案读书的小孩同如今在料槽里争食的小猪的命运做了一番比较。正当我向丁则明大发感慨之际，一位幽灵般的老者拿着盛满小麦的葫芦瓢，从原先的校长办公室里走出来，问我们是不是要找他的儿子建国，他已经到镇上买饲料去了。从丁则明脸上惊愕的表情可以推断，他和我一样没怎么费力就认出他是我们的小学语文老师。认出老人是容易的，他教我们的时候已经快退休了，如今只是用更白的头发、更深的皱纹和那双黯淡无光看上去快要失明的眼睛让自己显得更老而已。我叫了他一声邓老师，又介绍说我是方家田的方东树,身边这位是丁家村的丁则明,我们两个人从四年级到六年级都是邓老师教的。他不停地点头,一面放下葫芦瓢,拍了拍手上的灰,问我们在哪高就,怎么会来这里,一面热情地请我进屋坐,就好像我们不是二十年而只是二十天没见一样。

我们跟着邓老师走进那间多年前我只在后窗窥探过的校长办公室,屋里摆着煤炭炉子,叠有被褥的单人床,几把没有靠背的红色塑料椅,以及一张很像是当年上课的教室里用过的带抽屉的木桌。阳光穿过蒙着几十年灰尘的玻璃窗照进来,使本来就有些阴冷的房间显得更加惨淡。坐下后我看到墙上贴有一幅上世纪九十年代印有"金童玉女"字样的明星海报,一张布满蜘蛛丝的泛黄的挂图,上面印着一句声称是引自马克思的名言,"生活就像海洋,只有意志坚强的人,才能到达彼岸"——那时学校的走廊里贴了不少这种印有出处可疑的名人名言的招贴画。丁则明的眼神则被挂在墙角的一顶爆炸头样式的假发所吸引。邓老师指了指炉子上那把裹满灰垢的水吊子,说等水烧开了就给我们泡茶喝。接着又从口袋掏出一包香烟,熟练地捻出三根,一根递给我,一根递给丁则明,丁则明摆手拒绝后,他往自己嘴里塞了一根。分成了两股的烟气从他的鼻孔冒出来后,又被他拿嘴用力吸进肺里,以前下课时,他总是用这种专注得仿佛全身都参与其中的独特吸法连抽两根烟,才重新走回教室。

这是我的儿子建国从上海带回来给孙女玩的,见丁则明瞥了几眼那顶假发,邓老师解释说,前阵子孙女戴着它过来玩,落在这里了。前些年,我们村有个后生去上海开了家理发店,邓老师仿佛意识到这个说法似乎并未解开疑团,就又继续解释道,后来经人介绍,做起了收头发辫子的营生,据说松江区所有理发店的头发都归他收。不过散发不值钱,只能走量,这个头脑灵光的后生便直接进了产业上游,开了一家制作假发的工厂。生意越做越大,就从村里招呼了十几个人过去,建国也在那个工厂干了好些年,前年才回来承包了这个养猪场,我过来帮忙看一下场子。说出来不怕你们笑话,邓老师又点上一根烟,盯着这些猪看得入神后,我会忍不住教他们汉语拼音,bpmf,dtnl,有时我甚至能听到它们在跟读。

我昨天晚上还梦见你了,丢掉已经完全灭掉的烟头后,邓老师笑着对丁则明说,梦里阴沉沉地下着大雪,教育局的人马上就要进校检查了,你却故意把红领巾反着戴,朝我扔雪球。我很担心这一幕被那些当官的看到,影响学校的评级,就想跑过去捂住你的嘴。但我怎么也追不上你,我追你,你就跑,我停下喘气,你也停下休息,你离我永远有三尺讲台那么远。我没记错的话,你那时是班长吧,你小时候很听话,每次考试都是第一名,听说你后来还考上了北京的大学,真不知道为什么会做这么奇怪的梦……

丁则明尴尬地笑了笑,随后我们三个人都陷入了沉默,水吊子里的开水沸腾起来,发出沉闷得令人坐立难安的叫声。趁邓老师起身取茶叶的间隙,丁则明拉了拉我的衣角,又朝门外使了个眼色。我也很想尽快逃离这间显然布满凄楚、活像历史陈列馆的房子,便向邓老师谎称,我们只是顺便进来看看,还赶着要去村委会办点事。邓老师显得有些惊讶,随后又露出不无遗憾的表情,但也没有过多挽留,他握着玻璃保温杯,送我们走到了校门口。

当摩托车经过那座来时就被我们讨论过、在路边顽强地矗立了二十多年的烂尾楼时,丁则明忽然喊我停车,说想下去看看。屋里的楼梯间已经坍塌,没法像从前我们经常玩耍的那样爬上二楼往屋后的干草堆上跳了。丁则明忽然问我还有没有烟,但我的烟在陈将军那里就已经抽完了。你肯定不记得,丁则明长吁一口气回忆道,有年冬天,邓老师让未缴学费的学生回去问父母要钱,我就是其中的一个。外面下着大雪,我们几个小孩都知道家里没钱,索性打起雪仗,堆雪人玩。可能因为没有心情,没玩多久,他们就悻悻地回家了。我一个人来到这栋烂尾楼,爬上没有封顶的二楼,那块一个脚印也没有的积雪诱使我躺了下去。我忍不住沉浸在这样一种想象中:如果我一直待在雪地里,雪花会慢慢覆盖我,直到来年春天所有积雪融化后,我的父母才会找到我,我将笑着对他们说,看我藏得多好。当然他们听不到我的声音,也看不到已飘到半空中的我。刚才邓老师在讲他做的梦时,丁则明从楼前的草丛里折了根蒿草扫了扫窗台上的灰,坐上去后,接着说道,我就想起了这件事。我们离开的时候,我感觉他的目光一直落在我的后背上,我忍不住回头看了他一眼,结果发现他并没有立在原地目送我们,而是已经走到窗边查看猪崽去了。他双手捧着保温杯放到胸前,伸出脖子朝里探视,我忽然想起,这个姿势同他多年前站在过道上检查我们是不是在认真写作业时的样子几乎一模一样。

我觉得我很可能在你面前把自己塑造得过于高大了,沉默片刻后,丁则明的脸上忽然现出愧色,做起了自我检讨,你的点头和微笑也纵容了我的夸夸其谈。其实我远远没有自己表现出来的那样冷静,我对乡村生活的忍受力甚至都不如你。雅玲走后没多久,一个热得人胸口发闷的午后,我去镇上取快递,站在小镇那个唯一的十字路口,看着在黄沙中回旋的塑料袋、坐在摩托车上打着哈欠的司机、凑在一起斗地主的小摊摊主,我的心底忽然升起一股对大城市的不可抑制的乡愁。那些陌生的面孔和匆忙的脚步中藏有多少迷人的可能性啊，谁一生之中哪怕只是在地铁、公共汽车或自动扶梯上感受过一次那种被人环绕却又不被人注视的自由，他就终其一生无法做回一个乡下人。于是我这个精神上的城里人，开始感到自己分明像是被开除了国籍，彻底脱离了华语文化圈，在无人的田野上四处游荡。那些没完没了的田间小路，成了一座没有出口的迷宫，我也渴望有人能向我抛来那指引迷途的线团，可问题是河又没有第三条岸，在城市和乡村都待不下去的我，到底还能去哪。

颇具戏剧性的是，丁则明带着那种终于要说出深藏已久的秘密、如释重负般的口气继续说道，正当我犹豫要不要逃回北京时，我的肺部却长了一块阴影。去年入秋后，我频繁干咳，一开始以为是烟抽多了，戒烟后症状却没有缓解。我去县城拍了胸片，医生无法确定病因，便建议我去武汉的大医院复诊。在那片不自然的白光的笼罩下，那个我花了很长时间才挂上号的名医，用一种仿佛恭喜我中了彩票一样的口气告诉我，从各项指标来看，暂时可以排除肺结核和肺癌的可能性，但我患上的很可能是一种未被记录过的怪病。他建议我暂时不要去有雾霾的大城市，定期去医院复查。之后，我竟瞒着父亲，每个月往武汉跑，看着那些虽然活着，脸上却已有了死亡阴影，挂着输液管在医院走廊里挪动的病人，我才意识到，我比自己想象中的更加惜命，我总是感觉带刺的病毒在吃我的肺，很想像擦掉玻璃上的污渍那样揩掉体内的阴影。和所有的病人一样，疾病如今已经成为我生命的焦点和思考的起点，仿佛只要我的病好了，我就可以重新开始我的人生。尽管咳嗽的次数渐渐变少，但那块阴影一直没有消除，以至于我不得不将它发展成一种隐喻：也许这是某种惩罚，毕竟多年以来，和那些醉心于冬天的诗人一样，我也从一无所有的黑暗中得到了不少安慰，现在好了，黑暗不就随身储存在我的胸腔里？也许它是一种时代病症，所有在大城市生活过的人肺部都有阴影，只是他们还没有发现罢了。也许我该像十九世纪的西方文人那样，抛开一切重负，从污浊的世界隐退，余生只活在空气清新的魔山上。总之我开始沉浸在各式各样的想象和思考中，并发现这能带给我奇异的平静。你的出现让我这些气泡般涌起的念头有了一个绝佳的出口，丁则明苦笑道，每次见到你，我便像泄洪一样将这些芜杂的想法抛给你，其实你的沉默常常让我感到，你很可能只是我幻想出来的一个对话者。

　　送丁则明回家的路上，天已经快要黑透了，许多虫子在前灯射出的光里飞舞，冰雹般打在我的脸上。我们都没有说话，时间一长，我便在丁则明临末那句话的暗示下,开始怀疑摩托车上只坐了我一个人。我想要调整反光镜的位置,来确认丁则明是否还坐在我身后,却发现它已经完全无法扳动,我只好伸出左手去摸他。丁则明的手背冷得出奇,像是先于他的身体,提前进入了冬季。

当天夜里,住在村子最后一排的那个矮小的老人拿着一张抬头上写有"法官大人"的信纸和一支没有笔盖的签字笔,敲开我家的大门,请我帮他在请愿书上签名。他的儿子是跑出租车的,前阵子帮人送过摇头丸,正好遇上最近的运动,便被定性为"黑社会",说是最少要判五年。老人在信上用歪歪扭扭的字迹力陈家庭的贫困和儿子的无知,希望能得到宽大处理。我记起他的儿子是一个黑瘦的中年人,年初我从深圳回来,在高桥镇下车后,就是坐他的面包车回家的。我将自己的名字写到我的小学数学老师后面,老人则不停地向我作揖,表示感谢。

村里的广播遭雷击后坏掉了,也迟迟无人来修,我便有了一些在缥缈的鸟鸣声的映衬下显得格外清静的清晨。次日早上,我原本打算和往常一样,等"咕姑固"的鸟叫声退去后再起床喂鸡,却没想到那只后颈上缀有黑白花纹、爪子血红的珠颈斑鸠一直在窗后的电线上徘徊,像是要用这两短一长的低吟向我传递神秘的信息。不知过了多久，它才在一阵骤然响起的鞭炮声中仓皇飞走。等到方念萱跑着给我送来一块水果蛋糕时，我才知道刚才的爆竹声是在庆祝她的十岁生日。她向我炫耀她刚收到的儿童电话手表，又要求我打开手机下载一款软件，同她的电话号码绑定后，我便能在这个软件上看到她的定位。在她跑开之前，我一直在房间里环顾，想要送点什么给她，却发现家里一件拿得出手的礼物都没有。

几天后的早晨，我又去门前小路上散步，无花果的叶子快要落光了，砍柴的人在林子里折下枯朽的枝条，发出一声声骨折般的脆响。往回走的路上，我遇见起晚误了校车的方念萱，她一面飞奔，一面用手扯住快要从肩上滑落的书包背带。我喊住她，说我可以骑摩托车送她去学校，她笑着说真棒，朝我竖起了大拇指，一路上她都在唱一首关于减肥重要性的流行歌曲。傍晚，等她再次出现在我面前的时候，她几乎像是换了一个人，哭喊着请求我去看看她的奶奶。我的第一反应是她在搞恶作剧，却发现她带着惊恐的表情解释说，早上出门时，她怎么也叫不醒说着梦话的奶奶，以为她只是睡得太沉，便将快要滑到地上的被子往床上披了披，关上大门上学去了，却没想到奶奶一直睡到现在。跟着萱萱走进那间散发着霉味的卧室，我看到老人带着错愕的表情，一动不动地躺在床上，我试着推了推她的肩膀，发现她的身体似乎已经僵硬。一时之间我也不知道接下来该做什么，好在方念萱的哭叫引来了几个邻居的围观，婶婶打电话叫来了那个小时候给我打过针的脸色苍白的乡村医生。当他掏出听诊器放到老人胸前时，大家很默契地屏住呼吸，像是在期盼床上的人能够忽然坐起来，医生却摇摇头说，人已经没了，可能是因为脑溢血走的。

方念萱的父亲从上海连夜赶了回来，在他的召唤下，亲戚们陆陆续续从各地汇集过来。其中最惹人注目的一位是方念萱的二爷爷。早在上世纪九十年代，他就以首富的身份成为本村的风云人物，后来又做起房地产生意，在省城组建了更多的家庭，繁衍了更多后代。小时候我对他铿锵有力的武汉话、发亮的皮鞋和打过发胶、向后倒伏的头发印象深刻，还以为他早就和这帮穷亲戚划清了界限，没想到他也会回来奔丧，且成为这场葬礼的主导者。同他一起回村的还有一位长着银胡子的风水先生，在拄着雕花拐杖的二爷爷的陪同下，大师手持一把金色的寻龙尺，经由一番考古学家式的勘探，终于得出结论，是邻居家前年新修的厕所压住了祖宅的青龙位，才导致方念萱的爷爷奶奶在两年之内相继离去，也引发二爷爷去年的中风和今年生意场上的失败。所以他回村后首先办成的一件事便是用金钱征得邻居同意后拆掉了那座厕所，接着又斥巨资操办了一场在花样和音量上都很出众的大型葬礼，以便安抚恶灵，彻底冲走家族的晦气。在守灵夜搭好的挂有"沉痛悼念"字样的白色横幅的舞台上，那支由十二位女子组成的歌舞团连跳带唱，一直演到零点，这些身穿红色短裙的中年女子就差直接跳脱衣舞了。来看表演的村民越来越多，一茬茬地往外荡开，他们抽着烟，喝着茶，不时掏出手机录上一段视频，享受着这不可多得的文化盛宴。

整个守灵夜我都没有看到萱萱的身影，直到第二天出殡，我才在送葬的队伍里看到低垂着头、眼睛红肿的她。我跟随他们走到进山路两旁长满芒草的坟山，当队伍停止前行，所有人都原地跪下哭嚎时，我意外地发现母亲的坟墓就立在我的斜对面。尽管墓碑上没有照片，我却分明看到她带着异地偶遇般的惊喜冲我微笑。我忽然想起，很多年前的一个雨天，从山上野游归来的我看到母亲手持一根竹竿，一脸焦急地在门前的水塘里搜寻着什么。看到我的出现，她扔掉竹竿，跑过来紧紧抱住我。原来四处找不见我后，她以为我落水了。当我被这组画面击中，忍不住放声大哭时，我才发现原来这种感觉真的很好，像是把体内的苦涩一次性排了出去。

人群消散的速度如此之快以至于葬礼结束不久后的一天，当我走在方念萱家门口的空地，看着那些经踩踏后匍匐在地的蒿草时，那些人头攒动的画面仍然留给我鲜活的视觉后象。这时草丛的垃圾堆里传来一阵诡异的音乐声，仔细辨认后，我听出那应该是从前些天方念萱收到的贺卡上传出的生日快乐歌。临走的那天上午，她用儿童手表给我打了一个电话又迅速挂断，我猜到她大概是要走了，便急忙披上外套，穿起拖鞋赶去她家。方念萱穿着一件黄色的羽绒服坐在二爷爷的汽车后座上，正朝我家的方向巴巴地望着，看到我后，她将抠着玻璃窗的手举了起来，像往常坐在校车里那样冲我挥手，只是这一回她没有露出黑色的豁口，更没有冲我喊哈喽。她的父亲比我大不了几岁，看上去却老得像我的长辈，见我来送行，他递来一根烟，掏出打火机给我点上后，也给自己点了一根。他很感谢这阵子我对他女儿的照料，接着又不无愧疚地表示眼下萱萱只能暂时寄养在远在浙江的妹夫家。烟还没抽完，他就被叫上了车，汽车随后启动。方念萱转过头，冲我做了一个鬼脸，那便是我见她的最后一面。在这中断时间越来越长因而显得越来越凄凉的《生日快乐歌》中，我忽然想起萱萱之前叫我下载的那个软件。回家打开手机后，我看到方念萱此刻身在八百公里外一个名叫枫桥的小镇上。那个正在缓慢移动的蓝色定位光圈，就像一颗挂在眼睑上轻轻滚动的泪珠。

就在我准备再次拜访丁则明，同他交流这些新的经验与感受时，我收到了他发给我的信息。我已经回北京了，丁则明的口气像是在写信，那天我去武汉复查，听着候诊室里机械的叫号声，忽然感觉那些一个接一个消失在电子屏幕上的人不是要去治病，而是排队等着被枪毙。在这一想象带来的恐惧的驱使下，我下意识地打开铁道部的应用程序，买了一张两小时后开往北京的火车票，直到列车离开武昌火车站时，我才好像明白过来自己做了什么。是的，和离开北京一样，回到北京也是一时冲动，但我想，最重要的决定也许都是冲动的结果，它应和了某种神秘的召唤。当我走出北京西站，在人来人往的广场中央站定，大口呼吸人的气味时，我终于明白，只有在这致命的碰撞与充分的匆忙之中，我才能做一个真正的现代人。只有这些时而隐没时而出现的人群，才能构成一个真正的现代社会。没错，它浑身是病，可是这些无处不在的毒气恰恰也是源源不断提供可能性的氧气，逃回不再流动的乡村，无异于生病的人吃错了药。

我决定不再过度关注肺上的那块阴影，在紧接着发来的第二条信息里，丁则明以似乎有些亢奋的笔调写道，但我会更加注重健康，以便更为彻底地插入北京。先前在东方文人的影响下，我也相信在人类文化的排序中，文学要远远高于医学，这种灵肉分离的二元论甚至一度使我相信，对肉体压榨得越狠，就越有可能产生更多的灵性。然而，我们却忘了罗马人的教诲，健全的精神在于健全的身体。未来我要改造自己的身体，并注重武德的积蓄与培养。顺便一提，我留在家里的那些书都归你了，我已经不再需要那些知识分子的纸上游戏了，至少不会像从前那样相信读书人那只会导致内出血的美德。往事的确并不如烟，但要想寻找未来的家园，我们不能只是流下一滴泪。事实上我终于意识到，阅读和写作都只是行动的补偿行为，是行动中断后的产物。之前跟你说的精神弑父，现在想来，也不过是专属于中产阶级的精神分析式的儿戏。生育孩子是父母的人权，这与你不想生而为人的人权发生冲突是不可避免的，但也只能由你自己去消化。一旦我们将所有问题溯至童年，抛给父母，便只能进一步取消自己的主体意识。

我仍然不知道未来的路要怎么走，丁则明最后一条信息的语调似乎有所缓和，但我不会再怀疑走的必要性，我忽然发现我可以去很多地方，做各种不同的工作，而所有劝我们留在原地不动的思想都值得警惕。从前我无疑是被自己的知识结构给绑架了，从而过上了一种与过去和未来全都隔绝开来的死水般的生活。接下来，我要像我那些赌命的祖先一样走在路上，一寸一寸地用身体去丈量土地。与当下的历史发生关系，才是真正的浪漫主义。必须从行动中提取思想，而不是从思想中推导行动。而这行动必须在众人的关注和协助下才能完成，他人才是照亮我们自身存在的光。只有生活在同代人中间，才能驱散笼罩在我们周围、一步步向我们逼近的黑暗。自言自语只会令人陷入虚妄的深刻，不停对话才能带来真正有效的知识。今后我必须擦亮眼睛，尽可能地发挥自己的社交属性，以便出现在更多人面前。我要努力辨认那些藏在迷雾中的同盟者，并同他们建立线下连接。这个世界不再需要悲鸣，我必须从那种习惯性的忧郁之中走出来，从秩序的消费者转变为秩序的创造者。这样说未免显得有些过于乐观，但我相信每一个此刻还活着的人必定有支撑他活下去的动力，我们能做的或许就是耐心地将这些求生的念头整理成册并使之强化，进而提升为行动指南。

我不知道该如何回复，便一遍又一遍地查看这三条信息，到最后我几乎能背下来，但这些看似激励人心的结论却无法令我信服。事实上，我已经意识到丁则明似乎随时准备将现实中的遭遇提炼成抽象的论述，以便合理化自己的所有选择，这一巧妙的应对之策事实上是无力的，因为到最后，这一套说辞仍然不过是一套难以找到现实对应物的话术而已。尤其令我难受的是，他的不辞而别让我感觉自己遭到了背叛，他乘着思想的直升机回到国家的中心，却将我丢弃在暗无天日的地心里。

丁则明走后，我感到再也没有出门的必要，便决定骑车去镇上买些干粮储备起来。当我把盐、菜籽油、成箱的面粉和油面，以及跑了好几家商店才买到的三十条最便宜的香烟，绑到摩托车后座上后，我注意到超市门前有购物满一百元即可参加的抽奖活动。我走过去，排在一列佝偻着身子的老人后面，最后竟抽中了二等奖，讽刺的是，奖品竟是一瓶名为"北京革命小酒"的白酒。我拧开瓶盖，一饮而尽，随即骑上摩托车朝家的方向疾驰。有那么一瞬间，我的确感到自己已经摆脱重力的束缚，以一种轻盈的姿态悬浮在半空中。醒来时，我发现自己躺到了路边野溪中央凸起的草地上，这块水中飞地正好可以把我装下，两边的水流声如此悦耳以至于我忍不住多躺了几分钟才起身。我昏迷的时间一定很短，因为栽到水里的摩托车的后轮还翘在半空缓缓旋转，像是在为我的人生画出一个又一个句号。车子浸水后仿佛变得更沉了，用力抬动它时，我才意识到我的左臂受伤了，使不上劲，索性将车留在了小溪里。在旁边的水田里，我幸运地找到一个装过化肥的蛇皮袋，将只打湿了一角的干粮和香烟塞进袋子后，我驮着它们艰难地走了回去。

我每天只吃一顿饭，以便延长耗尽这些食物的时间。刚开始几天还能配着鸡蛋吃，没过多久发了鸡瘟，这些能间接证明母亲存在过的土鸡竟在一夜之间死光。当我把这些冻僵般蜷缩在地上、死后比生前看起来更像鸟类的鸡挖坑埋掉后，为了制造无人在家的假象，我从外面锁上大门，忍住肩膀的隐痛爬上二楼阳台，从事先被我撬开的防盗网中间钻了进去。我拉上窗帘，整天昏睡在床上拼命抽烟，我把每一根烟都想象成认识的人，经过肺部的处理后，他们一个个化为青烟，飘向窗外，彻底消失在我的生命中。但是，父母和姐姐的形象依然顽固地一再出现，有时我甚至能清晰地听见他们在楼下的客厅一问一答，然后像嘲笑儿时赖床的我一样，一齐发出爽朗的笑声。床垫内部的弹簧断了几根，形成一个坑洞，置身其上让我感觉自己正一点点地退回子宫，有时又觉得自己在缓缓沉入地狱，我不停下坠，却永远听不到落地的声音。过往的一切分裂成越来越细小的碎片，在脑海中翻腾，我再也无法从中提取哪怕一个清晰的画面或观点。我尝试给自己设定一个期限，只要窗外下起雨，我就走出去，重新接受生活的洗礼，却没想到很多天都没有下一滴雨，空气中弥漫着植物烤焦后的糊味。我不再给手机充电，失去了时钟的控制，时间变得模糊起来，只剩下白昼与黑夜的区别。气温低到可以看见哈气了，就在我据此判断深冬已经来临时，我忽又陷入持续多日的燥热之中，使我分不清在这间房子里，我究竟是待了几个月还是几年。窗外仿佛经常有人在叫我的名字，但听不见我的回应，他们便迅速消失了，只留下一串串像是踩在我耳膜里的足音。幻觉渐渐多了起来，深夜时分，我分明感到趴在天花板上窥伺已久的长角的恶魔跳下来重重压在我身上，起先我还奋力反抗，想要挣扎着醒过来，后来我干脆允许它进入并主宰我的身体，但残存的人性还是令我忍不住大喊大叫，这惨叫声最终引来了乡亲们的关注。

楼下传来的开锁声已经让我猜到是婶婶打电话把父亲从佛山叫了回来，但我打算继续躺在床上，用满屋子的溃烂气息给予父亲一定的震撼。他走到我的床前，用几乎不带感情的口气说了句"可怜"，接着便默默扫掉我扔在房间里的六千根烟头，又将不知何时被处于谵妄之中的我摆到床头的母亲的遗像放回楼下春台。我走到阳台上，看到压水机像鹤一样立在家门口，夏日的荷叶已经完全枯死，只剩下褪变成几何图形的荷叶杆，无花果树全部被铲掉了，地里挺着一台黄色的挖掘机，大概又有新的老板接手了这片土地。而直到这时，我才知道，时间仅仅过去了两个多月。

父亲的生活逻辑驱使他再次奔走起来，他先是试图通过战友的关系，为家里申请一个低保户的名额，为此他得证明他的儿子已经丧失了劳动能力，而据中间人的说法，最容易的办法是花钱请县医院的医生开具一张我已罹患精神疾病的诊断单。没想到我的精神问题会以如此喜剧化的方式得以确认，我立即对此表示同意。接着他又四处托人帮我相亲，没过多久，竟真的为我安排好了一场。据说那个身材魁梧的姑娘年纪也不小了，但很有志气，城市梦破碎后，又从上海回来承包了一大片葡萄园，做起了乡村梦。可惜的是，她的庄园已经在这百年一遇的特大干旱中破产了，这是可以想见的，不然她也不会同意同我这样的无业游民相亲。我答应同她在镇中学门口的奶茶店见一面，当父亲坐在我的床边，一根接一根地抽烟时，我明白这是唯一能将他从我身边赶走的办法。

我洗了头，刮了胡子，穿上我最干净的外套和牛仔裤，朝镇子走去。出村的广场上又有从县城开来的货车在兜售廉价的电子产品，为了吸引村民，他们照例架起高音喇叭播放时下最流行的广场舞音乐，并向闻声而来的村民每人赠送一瓶饮料。可能是货车上的人答应给点什么，方望负责起了饮料的发放，他忙乱而又专注的样子让他看起来像是一个实习期的超市员工。他的那只义眼不知怎么弄丢了，剩下一个让人不忍直视的血红的坑洞。瞥见我后，他立在原地犹豫了一下，随即还是放下饮料向我敬礼，我立即立定朝他回礼。几个村民互相杵了杵胳膊，脸上泛起会意的一笑。我和方望的演出第一次有了观众。

沿着进镇的路走了没多久，就到了那条野溪，我扔在那里的摩托车已经不见踪影。一个满脸污垢、看不清年纪的女人从一旁的岔路上骂骂咧咧地朝我走来，她一手将一个切菜砧板箍在腰间，一手拿着一把菜刀，每骂到动情处，便用菜刀狠狠剁一下砧板。看着她一点点消失在路的尽头，我的心底升起一股跟在她后面咒骂整个世界的冲动。

看到那棵这时挂满了黄色果子的苦楝树时，我忽然决定走下主路，朝丁则明家走去。在进村的小路上，我遇见抱着小孩的黎氏草，她正在同另一个脸上挂有分不清是淤青还是胎记的女人窃窃私语，我的出现中断了她们的交谈。黎氏草带着警惕的眼神望了我一眼，使我意识到她很可能已经不记得我了。待我路过后，我才听出她们是在用越南语聊天，在这温婉的外语的作用下，我的眼前立即浮现出一群越南新娘在合欢树下手牵手旋转的画面。和她们相比，我感觉自己才更像是此地的外国人。黎氏草的小女儿不知为何大哭起来，在母亲的安抚下，她迅速平静下来，我回头看见她一脸委屈地直视我，像是在提醒我眼下的一切全是表象，而我从来就没有真正触及任何人的生活。

丁则明家门口的狗只剩下最小的那一只，它支起身子望了我一眼，发现不是主人后，它像病倒了一样瘫在地上，低声哀鸣。大门没有上锁，里面却似乎没有人的动静。也许丁则明仍像之前那样坐在那把黑色的梳背椅上静静等候我的拜访，这一念头驱使我快步登上二楼，每上一级台阶，我的心就升高一点。我推敲着已被锁住的房门，确定无人后，透过那个在丁则明看来很可能是父亲故意装反的猫眼，我窥见了那个像是遭到洗劫，处于一片凄惨的混乱之中的房间，书架和地板上的书已被搬至一空，地上残留着几张书签和腰封。也许是出于报复的心理，丁父将儿子的藏书全都当废纸卖掉了。我下楼走进小石屋，找到一根扁担，用上面的铁钩从门后的木板上撬下那副小十字架，放进口袋里。

带着这个护身符，我沿着同丁则明一起走过的路，朝村后的大石山走去。一条走错的岔路将我带入一座我从未去过的村庄，我记起了儿时这些乡间小路带给我的那种仿佛永远有更多的村庄等在前面的眩晕感，便决定在这些村落之间继续漫游下去。又路过几座村庄后，我向西走上一条沿途立有太阳能路灯的水泥路，这条颇具城市气息的马路使我意识到，我终于脱离了童年的活动半径，再也不会有儿时的记忆来纠缠我了。一辆行驶缓慢的三轮车载着一对甜蜜地倚在一起的年轻恋人经过我的身旁,洋溢在这幅画面里的青春气息格外吸引我的注意,他们也向我投来像是带着祝福的微笑。之后,不知道走了多久,这条没有修完的大路毫无预兆地中断了,但还是可以顺着一条曲折的土路,朝前方的农田、村落和山峦走去。我忽然感到体力充沛,可以走很久,同时想到,只要一直往西走,我就能抵达西方。我还从来没有去过真正的西方。我有点被这个想法迷住了,不知不觉,竟加快了脚步。

2019年—2020年

倒水河

越过坟场,向前走。
———歌德

谁能想到，春天终究还是来了。二〇二〇年四月的一天，当丁文昌站在黄安县郊区的倒水河水库堤坝上，望着坝坡上已成雏形的野花，带着惊喜的口气说出这句话时，他的脸上没有一丝愉悦，反而露出显而易见的苦涩。这条西流的无尾河被截成水库后其实早已成为人工湖，但人们还是习惯称它为倒水河。修筑堤坝的工程据说是在上世纪六十年代由劳改所的犯人集体完成的，立在四孔泄洪闸门之间的水泥柱上便留下了颇具历史感，像是用铁锈写成的八个大字："一不怕苦，二不怕死"。这句口号也曾被我们高三的班主任用毛笔端端正正地写在八张菱形的红纸上，在黑板正上方的白墙上贴了一整年。高考结束后的那个夏天，丁文昌、董子琪、陈书娣和我相约前往水库大堤游玩，我们计划沿堤岸一直走到因从未去过而显得颇为神秘的路的尽头。而当我和丁文昌按约好的时间，重逢于刚解封的大坝，大概因为此前接收了太多令人不安的消息，我们反倒没怎么谈论健康问题，转而聊起十五年前的那次青春期的漫游。关于这件事的细节，丁文昌显然比我记得更清楚。

他纠正我说,当时我们一共有五个人,而不是四个,那个被我遗忘的男生名叫段树华。这个名字一说出口,文昌便紧了紧大衣的领口,像是忽然感受到了冷意,他陷入沉思,低头朝前走了几步,才想起来问我是不是知道段树华已经死了。这则消息我之前听谁提过,但它很快便像随便哪则社会新闻一样淹没在信息海洋里,以至于等丁文昌问起我时,我才想起他大概的确是死了。这样说可能有些冷酷,但那些从未或不再出现在我的生命里的人是死是活,对我来说其实没有什么区别,我没有那种在网络上随处可见的,时刻对远处的死产生强烈共情的能力。而段树华并不比远方离我更近,在留给我的很浅的印象中,我只记得他个子不高,步子很重,不怎么爱说话,那双总在闪躲的眼睛却出卖了他表面的稳重。等到他的形象完整地浮现出来,我才想起那天出游时确实有一个人畏畏缩缩跟在后面。我们似乎是在一条通向大坝的上坡路上遇见他的,迎面看到我们后,他的脸上露出了因孤独被打破而显出的诧异和不快,文昌邀他掉头与我们同行,而当时我很可能在心里埋怨着他的提议,因为这个热衷于沉默的人的出现,显然破坏了空气中好不容易才酝酿出来的甜丝丝的气氛。也许就是在这种心理的作用下,我直接抹除了那天与他有关的记忆,以便美化我的青春中为数不多的堪称美好的画面。从文昌的口气我推断出段树华的死对他冲击很大，果然，接下来，他完全没有谈及我最想听到的他与董子琪复合并结婚的事，却一门心思地讲起了那桩陈旧的死。

如果我没有记错的话，文昌微微眯起眼睛，以一种平稳得仿佛对镜练习过的语调说，他死在二〇〇六年的上海，被人拿一根电话线勒死在公共电话亭里。他的死本身就带有时代的印记，现在哪有人打公用电话，虽然城市里的电话亭尚未完全拆除，那些线路可能还是通畅的，但至少电话线再也不会成为凶器了。没人知道凶手是谁，文昌说，段树华死后的那个春节，为了解事情的原委，我还特地去了一趟他家。我骑着一辆刹车失灵因而在下坡时不得不用脚制动的自行车，问了好几个人才找到段树华的老家段家楼。没想到，在离县城那么近的地方，居然还藏着那么多破败得像是被遗弃在了上个世纪的村子，段家楼的地势比周围的村子更低，要沿一条陡峭的山路才能下去，因此也就显得越发凄清。段树华的骨灰摆在进门便能望见的春台上，遗像中的他微蹙着眉头，似乎死亡并未帮他消除感受痛苦的能力。还在上午便已经一身酒气的段父向我解释说，找到真凶之前，他不会让儿子下葬。说完他望了一眼那张一脸苦相的遗像，像是提醒死者注意倾听。在用烟蒂上的暗火点着另一根烟后，段父告诉我，在他的强烈要求下，上海派出所的民警给他看了街角难得没坏的监控器拍到的嫌疑犯。那个看上去好像很年轻的人戴着一顶遮住眼睛的棒球帽，相当镇定地离开了杀人现场，在快要走出镜头时，他甚至还回头望了段树华一眼。正是这回望的一眼，文昌说，令段父对整件事有了新的解读，他可怕地意识到这个年轻人才是自己的儿子，也就是说他用另一个人的死伪造了自己的死。这或许也可以解释我走进段家时的奇怪的感觉。没有太多哀悼的气氛或许是因为悲伤已经过期，但屋子里分明有一种在彻底遗忘的基础上才能建立起来的明亮的秩序。不过不难推测的是，这很可能是接连生下两个女儿才等来一根独苗的老父亲因不愿直面儿子的死而想象出来的情节。等段父和他的妻子换了四五种交通工具终于赶到上海医院的太平间时，夫妻俩根本无法认出那具因浮肿而严重变形的尸体，这样的死谁都没法接受。而且段树华的母亲注意到死者穿的是四十四码的大鞋，儿子的脚却只有三十八码。段父随后又记起儿子后颈上的胎记，医院的工作人员便像要唤醒死者一般，将尸僵尚未消退的头颅挪向一侧，结果并没有露出任何可供识别的记号。这些疑点却无法阻止民警的结案，死者身上带有身份证，之前学校的辅导员已经认过一遍，这次认尸本来就是走过场。但段父坚持认为儿子死得蹊跷,定有冤情,便决定处理完儿子的后事就去上海的工地帮工,顺便调查真相。

其实我是带着忏悔的心情登门的,文昌忽然压低了声音说,我当时一直在犹豫要不要告诉他,段树华最后那通电话很可能是打给我的。那时我们差不多每周都要通一次电话,通话时间比我打给子琪的还要长。如今想来不可思议的是,我们在电话里几乎只聊文学,比如最近买了什么好书,读了哪位大师的作品,对哪个文学流派又有了新的认识等等,有时我们甚至还会给对方朗读自己刚写的诗或小说片段。也正因为此,我们不太愿意使用校内那些总是有人等在后面的公用电话,而总是去校外找个安静的电话亭。我忍不住推论,如果不是我,树华就不会跑到学校外面去打那通电话,遇到那个很可能只是无差别行凶的魔鬼,在我看来,这种无意义的死比具有建构性的自杀更可怕。而促成段树华之死的诸多因素中,我是关键的一环。那段时间我总是感到十分沮丧,做什么都提不起精神,和朋友聊天开玩笑,总是笑到一半骤然停住,同时我也意识到,我很难向别人解释这种痛苦。一次假期,子琪从武汉跑来北京找我,我甚至都没有去火车站接她,我其实已经洗好头发准备出门,却忽然对穿过拥挤的人群去见她这个冗长的过程感到恐惧,以至于只能躺在床上盯着手机上子琪发来的信息,一遍又一遍地想我该怎么回她。这事过后没多久我们就分手了,是我主动提出的。不过,文昌补充说,我不想把自己说得太高尚,事实上,去过段家后,我反而有了一丝解脱的感觉。和我想象中不同的是,段家整洁而明亮,并没有太多哀悼的气氛,那个像是用白玉做成的骨灰瓮也被擦得一尘不染,给人一种待在里面可能很舒适的幻觉。种种迹象表明,这一切都是在一旁默默操持家务的母亲的功劳,而这意味着段树华很可能有一个幸福的童年。现在,他提前结束征途,回到了这个秩序井然的家中,这也许是值得庆幸的,正如有些哲学家指出的那样,不存在比存在更好。回家的路上,我被那座在段卫洲的诗中写过、因其轮廓而得名的似马山吸引,决定登上去看看,路过乱石岗和坟地后,我看到一片银白色的水域,过了片刻才认出那就是倒水河水库。也是在这时,我才有了写一篇以段树华为原型的小说的灵感,文昌的嘴角露出一丝不自然的笑意,这篇小说后来发在北京的文学期刊上,我其实应该分一点稿费给段树华的父亲,因为我是照着他的思路来写的。在那篇小说里,渴望重活一遍的段树华与他刚认识不久的孤儿赵某在照厕所洗手池上方的镜子时不无诧异地同时发现了两人在容貌和身材上的相似,反复商议后,他们精心策划了一场谋杀案。就是说,死在电话亭里的是那个一心求死的赵氏,而段树华则像蜕皮动物一样脱掉无用的旧壳，一身轻盈地朝着全世界的车站和码头出发，过上了永远在别处和在路上的人生。

事实上，随着丁文昌语气中小说腔调的加重，我越来越怀疑其回忆的真实性，并且，就和许多当代的小说家留给我的印象一样，他的讲述，尤其最后口述的那篇小说，有一种轻浮的虚构意味。你当然可以把不幸去世的朋友写进小说，但或许不该这样草率地拿一个看似精巧实则空洞、毫无现实感的故事打发掉一个人真实的一生。尤其什么和段父分稿费，这也太博尔赫斯了。不过，待我回过神来细想这天的见面，丁文昌的叙述还是令我有些惊讶，他竟在几乎没有任何寒暄的前提下，如此直接地向我，一个多年未见、已经很难算得上朋友的朋友，毫无保留地展现他的文学热情。这种并不常见的坦诚一方面令我动容，另一方面也使我意识到，他对我的印象很可能还停留在青春期。

那时，丁文昌、董子琪、陈书娣和我四个人走得很近，我们都喜欢写诗，梦想成为全国知名的作家，像那些从农村走出来的文学前辈一样靠写作来改变命运。按我事后的分析，社会的进化有先后之别，就在北上广大步跃进二十一世纪的全球化经济浪潮时，我们所在的大别山脚下的黄安县大体上还活在九十年代计划经济的旧梦中,八十年代的文学激情通过海子和顾城的诗,又经由一批少年作家的刺激,诈尸般施咒于我们。我们相约去校门口下坡路两侧的书店或书摊上淘书,为了省钱,我们买了不少盗版大合集,并且约定每个人买下不同的书,以便互相借阅;我和陈书娣经过笔试和面试的选拔,当上了校报的编辑,和后来我见过的各种文学期刊的情形一样,我们总是优先发表自己或熟人的作品,于是我们四个人的诗经常见报。虽然一分钱稿费也没有,还是觉得脸上有光,同身边灰头土脸、只知道埋头苦学的同学大不一样;我们也曾相约多次给举办了全国性征文大赛、位于上海巨鹿路的文学杂志投稿,这一赛事的获奖者有被知名高校免试录取的机会,所以投稿的事也得到班主任的支持。当我们把手写的稿件塞进信封,贴好邮票,并肩走向邮局时,分明感到文学的大门正在经由那个小小的绿色邮筒向我们敞开。

如今想来,我很庆幸自己在那个压抑到几乎每年都有学生跳楼的县城重点高中,找到了这样一个精神的避风港。文学作为一种可能性,像电灯高悬在我们头顶,照亮了黑暗中的青春。只是随着年龄的增长,我越来越清楚地意识到,在这个信奉社会达尔文主义的丛林社会,文学无法提供真正的庇护,从事文学创作的人反而会因过多地袒露弱点,更易成为被攻击的对象。而跟其他圈子一样，围墙的存在使得文学圈的空气无法流通，只要你的嗅觉足够灵敏，一定能闻到隐隐的恶臭味。大学毕业后，在残存的文学梦的刺激下，我在深圳的一家文学期刊做了一年多编辑。这段经历可能也给了丁文昌错误的暗示，他不知道的是，那恰恰是我大学毕业后度过的一段最灰暗的时光。在频繁召开的例会上，那个以稀疏的披肩长发来象征其文学形象，热衷于将骚扰女下属理解成浪漫主义的主编，最常谈论的话题便是关系学和等级制对于文学的重要性。渐渐地，你会发现全国的知名作家都是他的朋友，而他熟知并乐于分享每一位朋友的艳情史。后来我转行做了广告，老板也是一个文学爱好者，但他的理解全都基于为我所用的实用主义立场，这一态度在我看来反而透露出表里如一的真诚。这些年，除了广告词，我几乎没有写过任何东西，甚至连书也很少读。文学作品中的情感总是那么完整而细腻，在其映照下，现实的琐碎与粗糙令人难以忍受，以至于合上书重回现实的那一刻总是让我感到一阵恶心的恐惧。我不是不喜欢，而是越来越不敢喜欢文学了。

就我对董子琪和陈书娣的线上观察来看，她们的心路历程大概与我相似，高中毕业后，她们也渐渐远离了文学。只有丁文昌还活在对伟大的渴求之中，他去首都读了中文系，多年来一直坚持创作，四处投稿，每有发表，必拍照留念。当然，鉴于董子琪多年以后还愿意同他结婚，我不免猜想，也许她身上也保留着高于常人的文学热情。说实话，我对他俩的兴趣要远远超过段树华，毕竟除了命运使然，你很难从这种意外之死中得出更多的结论。文昌陷入回忆时，我几次想把话头引向他自己的生活，他却似乎有意抗拒我的暗示，而坚持讲述，或者更准确地说，坚持虚构段树华的人生。

要等到一周后的第二次见面，我才能更深地理解段树华在丁文昌人生中的象征意味。我们一开始约在县城中心的读者书城。这家书店的老板也许是县城最资深的文学爱好者之一，当初他的店就开在"一中"门口，我记得很清楚的是，他总是戴着那副黑框眼镜坐在台式电脑后面看书。他还向我推荐过一套"黑马文丛"，我以每天五毛钱的租金借阅了几本，书中的血性与锋芒带给我很大的震撼，事实上至今我都无法完全摆脱这套书的影响，我总是习惯性地对僵硬的现实感到愤怒，并渴望一种一劳永逸式的自由主义的解决方案。有意思的是，这么多年过去了，这家书店不但没有倒闭，反而挪到县中心变成一个上下两层的书城，在这个人口不到三十万的黄安县，这几乎可以称得上是文学的奇迹，当然前提是将花花绿绿的网络文学和心灵鸡汤也视为文学。这家新店我后来也去逛过几次，里面值得一看的书反而更少了，老板我也碰见过一两回，他大概做了近视眼激光手术，不再佩戴眼镜。不过他的目光，尤其当他收拢眼睛探视前方时，还是带着近视者特有的呆滞和迷茫。他在店里忙前忙后，不时呵斥店员和收银员办事不利，唱着广场舞金曲的手机铃声一再响起，俨然一副乡镇企业家的模样。

丁文昌选在读者书城见面，大概也带着一点追忆的意思，或者他可能想将摆满书籍的书架作为我们谈话的背景，以便为他的书面化表达提供一个更合适的空间。不过没有料到的是，在防控的要求下，书店没有开门，我们便临时决定去学校旁边的烈士陵园。县城扩建了好几圈，我和丁文昌居住的小区位于两翼，中间居然也隔开了将近十公里的距离，他说要开车去我家接我，但我坚持要自己骑车。于是从书城出发后，一路上我骑着白色电动车，跟在文昌有意缓行的黑色轿车后，感觉是他的车在拉着我前行，而我们之间有一条看不见的绳索。所有行人都戴上了蓝色口罩，有如置身一座没有边界的医院。烈士陵园也没有开门，但文昌早有备选方案，他说我们可以绕到后门，从他曾经爬过的那道低矮的围墙翻进去，可是等我们停好车走过去，才发现他记忆中的围墙已经加高，顶上还插了一长排仿佛在宣誓主权的铁矛。

这个下午,似乎有一股力量在暗中阻止我们回到过去,最后我们还是决定去倒水河水库大堤。坝下绵延的平房和楼房尽收眼底,看起来就像一贴粘在大地上的膏药,以其可怜兮兮的整体结构暗示出活在其中的人所拥有的毫无章法的灰色人生。不过,坝上散步的人比上次多出不少,擦肩而过时,彼此打量对方的含笑的眼神露出劫后余生的意味。我和丁文昌走到那座坝坡上的凉亭里,那四根红色油漆快要掉光的柱子上刻着的情话、脏话和"到此一游"的标记比十几年前多出了好几倍,这或许是人们渴望留下生命印记的最直接的证明。有人在那两张凹凸不平的石凳上铺了报纸,其中一张的新闻标题上写着"大武汉浴火重生"几个粗体字,为了防止被风吹走,报纸的四角还压上了几块石子,像是在吸引我们坐下去。坐定后我问丁文昌什么时候叫上董子琪一起叙叙旧,他回答说孩子太小,暂时还不方便出来,这令我大吃一惊,尽管我知道高中同学大多已经结婚生子,父母也不一定非要上网四处传播自己小孩的肖像,但我还是很难想象在我印象中完全还是少女模样的董子琪已经身为人母,而眼前这个显然还活在文学的幻觉之中,似乎迟迟未能适应现实世界的年轻人居然有了自己的孩子。也许和所有单身的人一样,我总是倾向于假定对方尚未结婚，或至少没有孩子，而一旦假定不成立，我就会隐隐觉出一种被迫从集体出列的失落感。

文昌似乎觉察到了我的心思，也可能初为人父的他还没有学会熟练地谈论育儿，他很快就岔开了话题。你记不记得，文昌望向正前方的水库出神地说，那时大坝还没有这道铁丝网，夏天有很多人骑自行车来这游泳，经常有人比赛看谁先游到湖心的小岛。只是站在岸边看着他们，都能感受到那种快乐。而现在，这些绿色的网格把风景锁在里面，一点意思也没有。事实上这两年生活在黄安县经常让我有这种错觉，文昌说，仿佛总有一道铁丝网横亘在我眼前，使我看不清所有东西的原貌，也无法真正触摸它们，那些可有可无的回忆附着在县城的每一个角落，好像我的眼睛看向哪里，哪里的油漆、腻子和水泥就会剥落，露出十几年前破败不堪的样子，以至于我看任何东西都带有重影，这种不真实的奇怪感觉一直在扰乱我的思绪，常常令我坐立不安。

不过我没什么可后悔的，文昌说，我必须从北京回来，虽然两年后的今天回头看，似乎也不是完全没有其他可能，但那一年，在那些突如其来的事件的共同作用下，我所有的推论都反复指向这唯一的结局：我必须回来。给我造成最直接冲击的，要数那一至今都令我无法释怀却又不知道该如何描述的暴力事件。

当我的父亲打电话告诉我，他和姐姐正躺在医院，而打伤他们的不是别人，正是我那平日里就有家暴倾向的姐夫时，我愤怒到极点，立即买下一张高铁票，赶去北京西站。一路上我都在设想各种复仇方案，以至于到最后我完全沉浸在同归于尽的想象中，只是每次的死法都不一样。从武昌火车站出来后，我打算去超市买一把长刀，老板却告诉我自从前两年车站发生砍头事件后，附近的商铺都不允许卖刀了，等我在回荡着乡音的长途汽车上醒来，跟随年中返乡、心事重重的人群走出破旧的黄安县汽车站后，买刀的事就已经恍惚到让我分不清真假。而当我在傍晚穿过房屋密集的第二小区，沿途路过十几家飘着细小棉絮的小型服装加工厂抵达姐夫家时，母亲正在厨房的水蒸气中忙活，手臂上裹着白纱布的父亲和额头上留着蜈蚣般黑色缝针线的姐姐倚在客厅沙发上看古装电视剧，扎着朝天辫的小外甥女则拿着智能手机躺在卧室的床上看短视频，他们那异乎寻常的平静使我在一瞬间有了被背叛的感觉。

他们在饭桌上用控诉的口气向我披露了更多细节，文昌以略显急切的口气继续说道，事发当天，姐姐赶去民政局门口会见终于在电话里答应离婚的姐夫，出于安全考虑，她叫上了父亲。和之前的多次碰面一样，这一回仍以激烈的争吵结束，但他俩没有想到，当父亲骑上摩托车带姐姐去黄商超市买菜时，姐夫早已跨上自己的摩托车带着越积越多不得不喷涌而出的恨意，埋伏在他们回乡下老家的必经之路上。据父亲回忆，他先是听见有人大吼一声，接着就看到一个被他断定为疯子的人挥舞棍棒从路旁的芒草丛里跳出来，他踩住脚刹而不是照他事后分析该做到的那样直直地撞上去，直到这时，他才认清这个脖子上青筋毕露的疯子就是已经失去理智的女婿，但棍棒已经落到他们身上，摩托车随即也倒在路边。生活在社会底层的人，文昌忽然评论道，谈论正事时总是会被一些无涉主题的细节带偏，比如父亲开始回忆摩托车倒地后，马路上的车辆如何不近人情地鸣笛；姐姐则谈起当她发现自己的手机摔坏后，她扶着父亲走进路边的村子想找人借手机报警时，村民那事不关己的冷漠。在我的追问下，文昌说，他们绕了半天才告诉我，捂住伤口问了好几户人家后，他们才从一个好心的鳏夫那里借到手机叫来救护车，去医院拍片、缝针、包扎后，由于担心花费更多的钱，他们不顾医生留院观察的建议，在病床上躺了一天就出院回到姐夫家。没有回乡下老家是因为父亲认为县城的派出所出警更快，并且他断定行凶之后迟迟不敢露面的姐夫不会那么快回去。父亲就是在那时候给我打的电话，他装作想要找我倾诉，顺便帮他分析一下他的推论是否合理，并再三强调我不用回去，但我从他那小心翼翼的询问口气中明白，他其实很希望我能早点回去帮忙，眼下他们已经束手无策。虽然已向派出所报案，但民警用各种搪塞之词暗示这是家丑，最好能在家庭内部解决，不要浪费国家资源，又向希望将自己的丈夫绳之以法的姐姐解释说，他们所受的伤看起来很重，事实上只能算轻微伤，达不到刑事立案的条件，施暴者最多只会被拘留十五天，纯属多此一举。

我回家的那天夜里，这件事有了一个荒谬的高潮，文昌苦笑道，起先是母亲听到楼下传来断断续续的交谈声，她怀疑是姐夫带人来继续行暴，便叫醒了父亲，他俩的动静又吵醒了姐姐和我，小外甥女在噩梦中大叫了两声"不要"后又翻身睡着了。我起床后看到的那个画面诡异得像是某部荒诞派戏剧中的场景，我的母亲左手拿着手电筒，右手提着一壶刚烧开的热水，猫腰站在窗户后面，她的计划是一旦发现姐夫的身影，就将热水浇下去。我由此得知，这件事也给母亲留下了严重的心理阴影，同时我为自己无力保护家人而感到深深的愧疚。这一情绪迅速转化为愤怒，我到厨房找了根擀面杖，打算冲出去单挑，父亲则抄起一把铁锹跟在我后面。从二楼下去后，循着声音沿一条上坡路找过去才发现站在那里的是两个陌生人，不知道是不是被我们的杀气给吓到，他们扔掉手中没抽完的烟，转头快步走掉了。一家人又坐在一起研究案情，母亲据此判断这两个人一定是姐夫花钱派来吓唬我们的，但不管怎样，我们还是安全度过了那个夜晚。

接下来的日子，文昌叹了口气接着说，我就在妇联、民政局、律师事务所、派出所、公安局和医院之间蚂蚁一般来回奔波，我陷入了一座我误以为自己永远不会置身其中的城堡，那些坐在办公桌后面的人像一个个忠诚的士兵死死守住出口，我尝试找到一道侧门或一扇窗户钻进去，却一次次地宣告失败。妇联和民政局的工作人员都劝我要正确理解婚姻，两口子过日子没有不难的，离婚是下下策。还是那个挺着啤酒肚的律师提供了一些有用的信息：为了让派出所立案侦查，首先需要的是一份轻伤二级的鉴定报告。于是我骑上父亲那辆后视镜上的血斑还没来得及擦掉的摩托车，载着姐姐去公安局的物证鉴定所。那个透过老花镜读报的老头听清来意后，从抽屉里掏出一把钢尺，命令姐姐低下头，他坐在扶手椅上测了下姐姐额头上的两道伤口，左边三厘米，右边四厘米，一共七厘米，他小声计算着，随后又以毫无掩饰的轻蔑口气对姐姐说，长度不足八厘米，达不到轻伤二级，你要是需要，我就给你开个轻微伤的报告。在我和姐姐向他求情后，他带着怒气告诉我们轻伤二级是要坐牢的，都是一家人何必呢，再说这都是国家规定好了的，说完又从抽屉里拿出一本泛黄的参考书，蘸着口水翻到轻伤鉴定标准那一页让我们自己好好读读看。无奈我只好给律师打了一个电话，他告诉我，我们还可以去人民医院交钱做鉴定，并用一种我很熟悉的善意嘲笑读书人的口气概括道，脑筋不要太死板，该花的钱得花。

就在去医院的路上，文昌继续说道，又发生了一件让我崩溃的事。在二桥头的红绿灯前，一个戴墨镜的交警挥舞着指挥棒拦下我们，要求查看我的驾驶证，他完全不理会我和姐姐的请求，只是指了指河边停满各式摩托车的空地，示意我把车停在那里。我想起父亲出门前塞进我口袋让我拿来办事的香烟，便赶紧撕开包装掏出一根，墨镜后面的交警却摆手说他不抽，我只好像其他违规车主一样，打电话找人来帮忙。父亲接到电话后大声斥责我的无用，看到交警拦路都不知道绕道，怎么他骑了这么多年都没出事而我一回来就撞个正着，数落一番后他让我们等在原地，他从姐夫家走过来跟交警说理，试图说服他免开罚单，但交警仍然坚持开出三百元的罚单，随后我便像做错了事的小学生一样立在街边继续听着父亲的呵斥，那一刻我真的很想甩开这一切跑回北京，最后还是姐姐安抚了父亲，让他去交警大队缴钱，我们则坐出租车去了人民医院。那个脸上像打霜一样抹着脂粉的女医师按墙上贴的收费标准事先收了两百块钱的鉴定费，鉴定方式却仍是拿尺子量伤口，当她得出同公安局一模一样的结论后，我和常年在东莞打工、同我一样缺少县城生活经验的姐姐才恍然意识到律师那句关于钱的断语背后的意思。我朝姐姐使了个眼色，去屋外商量一番后，我们决定给女医师塞八百块钱红包。当我们以这种方式成功拿到轻伤二级的鉴定报告走在回家路上时，文昌说，我一直在回想自己几乎无意识甩出的那个眼神，我为自己熟练的狡黠感到惊讶，不由得想，这是不是一种不管读多少书都掩盖不住的阶级本能，是否沉迷于国民性批判的我才是那个最为典型的中国人。

　　我的父亲在化肥厂上班，一阵沉默过后，文昌继续说道，这家早在二十年前就被私人承包了的国营工厂仍是他骄傲的源泉，毕竟你知道的，上世纪能进化肥厂是全县公认的幸事，而他是以退伍军人的身份被组织安排进去的。对他来说，从农民到工人的身份转变意味着阶级的跨越，也是他这辈子直接和国家发生关系的一件大事，所以当大多数职工选择"买断"去经商或打工时，他仍然决定领一份微薄的保底工资，留下来给化肥厂的私人老板打工，尽管后来亲戚们进城务工后都比他挣得多，但他依然在教科书定义的层面上固执地认为自己才是人上人，这种潜在的工人阶级领导心态使他总是不由自主地向母亲、姐姐和我发号施令。直到那天他拿着八百块钱医药费的发票，叫我和他一起去化肥厂的行政楼找王主任报销时，文昌说，我才忽然意识到可恨与可怜之间的辩证法，父亲其实根本没有他表现出来的那样坚定和冷硬，或者说他这些年一直在家人面前演一场大男子主义的戏，只为掩盖内心的怯弱与慌张。为了成功拿到报销费用，父亲要求我和他一起骗王主任说他手臂上的伤是在老家用电锯锯柴时不小心割伤的。我怎么也理解不了为了这么点钱大费周折的行为，但是，一旦你进入县城的生态环境，大城市里那些关于现代社会规则的认识会迅速崩塌，或者说你只有变成一个行动迟缓、斤斤计较的人才有可能被你的家人接受。那栋掩映在法国梧桐树下的行政楼用它那在风中哐当作响的破旧窗户、那句留在石灰墙面上隐约可见的"抓革命，促生产"口号，以及一块写有"预祝北京奥运会圆满成功"的宣传窗，显示出一种年轮般层层叠加的衰败感，以至于我一看见它，立即就想起在那浓郁的氨气味中度过的灰色童年。那时最令我们感到兴奋的事就是偷偷溜进厂里偷些废铁出来卖钱，而这一行为几乎已经得到了所有家长的默许。那一排建在倒水河水库边的宿舍楼如今已被悉数拆除，据说要盖新的商品房，我们家是最后离开那里的一批人，不是守着最后的底牌要做钉子户，而只是在攒够钱回村盖房之前无处可去，这些宿舍楼的产权不属于工人，按王主任的说法，留我们在那住那么多年，已是仁至义尽。王主任还是戴着那副镜片很厚的金属边大框眼镜，看上去没有太多变化，我们坐在两进办公室的外屋，喝着王主任的妻子兼秘书泡的又苦又涩的绿茶，等着在里屋打麻将的王主任出来。父亲和我掏出自己的烟来抽，在穿堂风的吹拂下，我们的烟很快和里屋的烟汇在一起朝窗外的倒水河飘去，就在那一刻，文昌说，我忽然被一种巨大的羞耻和悔恨感击中，我也是读过萨特和加缪的人，可是坐在这里等王主任开恩的我，和印度的贱民有什么不同？这些年来我找的每一份工作最看重的都是它能不能有充足的时间供我写作，可我到底在做什么，难道我真的指望通过写作改变命运？我已经忘了王主任是怎么走出来依据相关规定告诉我们这个钱是不可能报销的，只觉得周围仿佛被一道一直在我眼前晃动却始终遭到我忽视的真理之光所环绕：是的，这些年来，为了摆脱阶级的阴影，我不惜修改身世，总是试图寻找并放大童年时期偶一为之的阅读或思考，以此证明我的文学天赋。我像有产者一样关心一个又一个社会热点新闻，积极分享他们的痛苦和焦虑，传播爱与和平。然而，这一切不过是为了维持一种活在中心的假象罢了。我终于意识到自己的文学创作动机根本就不纯粹，拨开那一层又一层自我装饰的迷雾，我发现自己就是一个妄图靠文学翻身的小丑，一粒没有任何社会关系、随时能被一个哪怕只有一丁点权力的人踩在脚下的尘埃。从上大学到工作，十二年了，文昌的声音显得越来越激动，我在北京已经待了十二年，梦该醒了。

也许是情绪波动导致的疲倦，文昌失去了在细节上的耐心，接下来的叙述便只有梗概。他讲到轻伤二级的鉴定报告出来后，为了让派出所尽快立案抓人，自己怎样主动去找已在老家端了多年铁饭碗的董子琪帮忙。在为姐姐的事奔波期间，他其实不止一次想起这个在县城人脉广泛因而足以为他提供解决方案的初恋女友，这一内心活动再次被他拿来证明自己其实是一个隐秘的中国人。而后来的事实表明这确实是一个正确的选择，在给董子琪打完电话后没过几天，警察竟通过手机定位信息，跑去武汉的一家网吧将姐夫缉拿归案，随后法院则以故意伤害罪判处姐夫八个月有期徒刑，效率之高完全超出他的想象。由于姐夫极力拒绝，诉讼离婚并不顺利，但事情至少已经告一段落，姐姐辞掉老家超市收银员的工作，到深圳进厂打工去了，小外甥女则留给爷爷奶奶照顾。文昌回到北京，去那个光线黯淡得像是地下室的出租屋收拾了一下行李，约几个写作的朋友吃了一顿最后的晚餐。

回家前他已待业一年多,以青年作家的身份参加了多场酒局,不少聚会的主题都是为了告别某个即将离开北京的朋友,所以他的离开也并不让人感到格外伤感。按文昌的说法,在对他的勇气表示赞赏后,大家仍然兴致勃勃地谈起波拉尼奥、英国文坛"移民三杰"、新近被引进中国的德语作家塞巴尔德,而那些外国人名就像一阵阵海浪将他推得离饭桌越来越远,火锅上的热气升起,像一团团无法消散的雾霾横亘在他与那群文学青年之间。他明白文学的鳞片已从他的身上滑落,露出他一直以来都不愿意示人的灰色衣服和皮肤,他再也不属于这个虚幻的文学共同体了。

  一个妻子和她背后的生活在故乡等着他。再次返回黄安县后,作为婚姻的准备,也可以说是嫁妆,在董子琪的建议及其未来岳母的协助下,他考上了县档案局。在隔三差五的工作日里,他需要做的只是接收一下其他单位送来的固定资产凭证、重要施工图纸、结离婚证明等档案,拿紫外线杀菌灯象征性地消毒后,分门别类地放进那些归档后就无人问津的柜子里。他从不参与办公室里的唉声叹气,相反他感到工作的安稳带来了真正的自由,现在他有了大把读书的时间,灵感来了,就打开电脑记上几笔,他近乎自嘲地说,写作对他而言已经变成一种类似于练毛笔字的爱好。尽管如此,一提起写作,文昌那原本黯淡的眼神忽又泛起光泽。我打算写一部以县城为背景的短篇小说集，文昌说，每一篇都是独立的，却又相互关联，同一个人物会在不同篇目里反复出现，这样的结构很适合用来表现纠缠在关系网中的县城生活，这些被遗忘在小地方的人还是很值得一写的。

比如我的岳父，文昌的嗓音又恢复了生机，这两年我就一直想要写他，我也是和董子琪结婚后才知道他葬身于二〇〇二年外贸商场那场如今再也没人谈起的大火。当我的岳母赶到满是刺鼻焦味的事故现场，穿过尸体多到无处下脚的过道，在黄安县当时最奢华的迪厅的舞池中央找到已经窒息而亡的丈夫时，岳母的眼前竟出现了电视剧里常有的戏剧性的一幕：嘴唇樱红得像刚涂满口红的死者的怀里竟抱着一个她从未见过的年轻女子。据她事后调查，这个女人同她的丈夫已经交往多年，似乎只有她一人蒙在鼓里。被死者背叛的人没有生气的权力，我的岳母总结道，文昌说，现场有如大屠杀般的惨烈情形也夺走了她个人的悲伤，尤其令她印象深刻以致不时在噩梦中出现的是，当时很多死者身上的BP机都在响，整座大厅回荡着此起彼伏的三拍子的"滴滴滴"声。你想想看，文昌有些兴奋地说，BP机已经消失了那么多年，而我的岳母有可能是整个县城乃至全国唯一还清楚记得BP机铃声的人，这里面有一种奇特的历史感，只是我还没有想好怎么用文字表达出来。

尽管丁文昌自始至终都没有谈及他同董子琪再续前缘的细节，但从他的闪躲、叹息和那总是微笑到一半忽然将嘴角收回的表情中不难看出，他们之间的结合并非是同学们想象中的爱情神话，对文昌而言，这里面甚至带着一点委曲求全，那间小小的档案室，那套三室一厅的新房分明装不下他的梦，而他又只能亲手将自己流放于此，余生只求水底的平静。文学，尤其是他尚未且可能永远无法完成的那一部分，显然已经成为他的氧气，他借此得以大口呼吸，也正因为此，离奇死去的段树华成为一个文学的符号，像探照灯一样不时扫射并照亮他业已黯淡的心。

我和丁文昌的最后一次会面是在县中心的上岛咖啡馆，县城的商铺已经陆续开门营业，我也买好了两天后以"点对点"的形式直达深圳的汽车票，文昌看到我发布在社交平台上的票据，便立即约我见面。在他的提议下，我们一大早就到了咖啡馆，以便能够多聊会儿天。在门口量过体温，临窗坐下后，文昌说他周末偶尔会来这里写作，每次都坐在同一个位置，看着窗外像沙丁鱼一样作无规则运动的车辆和行人，等待灵感的降临，这是他在北京养成的习惯，一时改不过来。服务员以小地方的人特有的那种令人不安的热情问我们喝点什么，我随文昌点了一杯美式，却被告知店内暂时进不到咖啡豆，我瞥见邻桌有两个人在吃豆腐脑，就提议要不我们也来两碗，文昌露出尴尬的微笑，随即又点头表示同意。

这一次，文昌终于讲起了他和董子琪的生活，却又将叙述的重心放在孩子身上。当我第一次抱起那个丑陋的小东西时，文昌用带着疼惜的口气说，我的确感到一种从未有过的激动，我忽然觉得我抱住的是由我和妻子最好的那一部分交汇而成的新生命。我最有活力的那一部分也因此离我而去，我预感我的女儿每长大一点，我就会缩小一点。不过这是好事，因为我的自我显然太多了。对于女儿而言，我这个父亲当然是有意义的，而一旦成为他人的意义，我就不必执着于自我的实现，这相当于一次重大的心灵减负。换句话说，我的女儿拯救了我。也许很多父母都是这样被他们的子女拯救的，只是他们不愿意承认。我看待世界的眼光也因此发生了彻底的改变，我似乎可以看得更远了，有了更多的历史感。现在我在街上看到一个成年人，会忍不住想，这个人跌倒过多少次、从梦里哭醒过多少次、生了多少次病才一点点长成这副模样，虽然他的一生很可能极其平凡。照苏格拉底的说法，这种从未被反思过的人生是不值得过的，但这样的人生，也是付出了极大的努力才得来的，不是随随便便就有的。我因此对人有了更多怜悯，不会再轻易去批判从前那些我看不起的人。当然这些抽象的结论并不能减轻养育的艰辛，子琪和我上班之外的时间几乎全都花在孩子身上，尽管有岳母和母亲帮忙，每天还是焦头烂额，因为照顾孩子之外，你还得处理两代人之间因育儿理念而造成的家庭矛盾。这种矛盾，细究起来，其实是工业社会与农业社会之间的对立，根本没有调和的可能。比如有一回我的母亲责怪子琪不该将小孩的衣服挂到窗户外的防盗网上，因为她坚持认为这样做会导致孩子做噩梦甚至丢魂。她们竟为了这点破事大吵一架，我站在一旁不知道该说些什么，而我的木讷加剧了她们的愤怒。真的难以想象上辈人一家六七个孩子都是怎么带大的，怎么好像比养猫都容易。当然养娃变得困难，也因为医学的进步已经使得这世上不再有健康的人，尤其是健康的婴儿，我们每次去给孩子做检查，不是缺微量元素，就是血液里某项指标超标，然后就得想各种办法应对。我每次下楼抱着娃出去散步，都会和小区里其他带娃的父母就育儿的问题聊会儿天，封城后，这已经成为我唯一的社交活动了。

不过，有意思的是，文昌笑着说，我因此又认识了一些很值得写进小说的人物。有一个很爱说话的同龄人最近我差不多每天都会碰见，他在武汉成立了一家旅游公司，现在无疑面临着倒闭的危险，不过他很少谈起他的工作，对未来似乎也并不过分担忧。他更喜欢谈论他的性经验，我忘了他最初是怎么开启这一话题的，但到目前为止，我已经听他讲过不下十个性伴侣，从正式恋爱到偶遇的一夜情再到陪客户嫖娼，他几乎毫无保留地向我一一披露。这种情形大概类似于被关押在监狱里的人同狱友吹嘘他吃过的美食，因为和我一样，他也有一年多没有过性生活了。他似乎希望从我这里得到一些同命相怜的安慰，但我没有那么多艳史反馈给他，而且我对性已经越来越提不起兴趣。子琪怀孕期间，当看到路过的目光落在她的肚子上时，我总是忍不住想这无疑是我犯下的一桩罪，而我必须用余生来赎罪，我甚至觉得这辈子不再做爱也是可以接受的，这是我为自己的生育而不得不付出的代价。但我觉得听他聊这些不失为一种消遣，他很擅长描述做爱的细节，讲了半天两个人的衣服都还没脱。直到一天，他的宝宝大哭不止，并引得我的小孩也瘪嘴哭起来时，我才意识到这件事里不同寻常的成分。你想想看，两个抱着孩子、戴着口罩的中年男人站在体育器材旁边谈论性爱，这个画面我估计从未出现在任何小说里，这里面有某种原创的荒诞。

　　我还认识了一个楚剧演员，吃完豆腐脑，拿纸巾擦了擦嘴后，文昌接着说，她的宝宝也刚满周岁，那个胖嘟嘟的小孩似乎很喜欢我的女儿,一见面就手舞足蹈。我上网搜到了她的一个演出视频,在那个灯光惨淡的舞台上,她的妆容像是拿颜料直接涂抹上去的,看上去比她本人老了十几岁。她唱的那出戏是新近创作的《迎郎归》,我看了好几遍,戏词都背了下来:恶魔犯江城,危及大武汉,结婚一月半,他主动请战,今日回家转,心里好喜欢,打开手机看,圈友都点赞,即可见他面,待我巧打扮……当下的现实混入这古老的唱腔后,呈现出了一种诡异的喜剧感。如果不是认识她,我都不知道这样的地方戏居然还有人在演,这就好像你开了多年汽车,忽然瞥见路旁有人在骑马。我不知道你有没有这种感觉,文昌笑着说,随着你年纪越来越大,你会越来越频繁地发现身边总是会出现一些似曾相识的面孔。那个楚剧演员长得就很像我刚到北京时暗恋过的一个女作家,我们一起逛过美术馆,她似乎很喜欢先锋艺术,一直在用玄妙的大词评价那些我根本看不懂的画作,但我的目光一直停留在她的侧脸和长发上,我很想告诉她,这世界上哪有比你更美的画,但我当时肯定没有讲,不然也不会一直记到现在,我记住的全都是我没有做过的事。

和这些人聊天浪费了我不少时间,文昌忽然抬高声调,不过,我们成年人要那么多时间又有什么用,过多的时间只会压迫我们,这也许才是人们扑向手机的根本原因，手机不是奴役而是解放了在工作之外无所事事的人，我以前没有察觉到时间是必须被打发掉的，而养育孩子最能消磨时间，对于很多做过梦的父母来说，孩子还能成为他们无法实现自己梦想的万能借口。意识到这一点后，我便努力抗拒这一诱惑，我反复告诫自己，我的失败只属于我自己，与我的家人无关。我这么说你也许不会同意，文昌说，不管我怎样努力地去适应县城的生活，并试图从中挖掘出一些大城市里所没有的诗意，但我真的感到，生活在小县城是一种彻底的失败。生活成本确实变低了，却必须以心灵的死寂为代价。这里的每一天似乎都笼罩在日食之下，虽然你知道太阳依然存在，但你再也看不出光到底会从哪个方向照进来。托武汉的福，黄安县现在也有了电影院、美国的快餐店和法国的连锁超市，但这些全都是外在的脚手架，无法呈现这座奇怪的建筑物的实质，县城的主体是养老院和托儿所的混合物，生活在这里的年轻人，除了一开始就留下来当公务员的，大多是中途死了心的人，他们像散沙一样飘在县城的街道上，既无法扎根，也不能再次飞出去。

文昌接了一个电话，咖啡馆里很安静，我听出是董子琪打来的，尽管文昌一再向我强调，没什么大事，子琪总是喜欢大惊小怪，但她那近乎怒斥、同少女时期的轻言细语形成鲜明对比的声音，还是让我忍不住催促似乎还想继续谈下去的文昌早点回家。他摇摇头不为所动,继续发表他那近乎散文诗一般的感触。没过多久,董子琪来了,我首先认出的是她走路的样子,她的每一步都像是在登高,头部上下摆动的幅度比常人大得多。她径直走到我对面坐下,很自然地拉开羽绒服上的拉链,顺手向后捋了捋头发,露出一对大概因为哺乳而大得有些过分的乳房的轮廓。文昌显得很尴尬,问她来做什么,她没有回答,反而跟我拉起家常,并怪罪文昌和老同学见面,居然不叫她。之后她又似笑非笑地问我陈书娣的近况,当我告诉她我们很久都没有联系过时,她不无遗憾地表示尽管陈书娣在武汉工作,经常回黄安,但她们之间的友谊也已经中断很久了。看到她的黑眼圈很重,我问她带娃是不是很辛苦,她便聊起宝宝不规律的睡眠,进而谈到夜奶、通奶和断奶的问题,并像许多初为父母的年轻人一样,一再嘱咐我千万不要生孩子。我注意到文昌在一旁保持着急切的沉默,似乎很想说点什么,扭转对话的方向,他插话告诉妻子她谈的这些事,单身的人是不会有兴趣听的。但董子琪仍然自顾自地说个不停,像是有意要用这些日常琐事击碎丈夫幼稚的幻梦,逼他认清现实。像我见过的许多夫妻一样,他俩在暗中较劲,想要让对方注意并承认自己的痛苦,而双方的关系终其一生都没有明朗到可以互诉衷肠的地步。临末,她接了一个电话,告诉文昌宝宝醒了,大哭不止,他俩便决定一道回去,文昌最后投给我的眼神像是在说,现在,你明白我的处境了。

同他俩告别后,我随便找了家小店吃了一碗难以下咽的热干面,又骑上电动车,打算去黄商超市买点东西在长途汽车上吃。在卖方便面的货架前,我遇到一个眼睛和睫毛长得很像陈书娣的人,尽管口罩后面很可能是另一个人的脸,我还是忍不住躲在角落注视她。这时忽然冲过来一个四五岁的小女孩,围着她蹦跳,要拉她去另外一个地方,情急之下,气喘吁吁的小孩摘下自己的口罩,母亲立即俯身帮她重新戴上。就在这一瞬间,我几乎可以确认她就是陈书娣本人,因为那个孩子有着和她近乎一模一样的甜津津的笑。而之前从黄商超市路过时模模糊糊对比过的两组画面此刻忽然变得无比清晰,十五年前,超市所在的地方还是附近村民栽种的大片桃林。就是在那里面,我第一次亲吻了陈书娣,当然,更准确的说法也许是强吻,书娣一直紧闭着眼睛和嘴唇,想要挣脱我的怀抱,我只能转而去亲她的脸颊和额头,直到她身上的肌肉不再紧绷,慢慢瘫软在我的身上。我在想,陈书娣正在挑选商品的那个货架会不会正好就在当年我吻她的那棵桃树下。怀着莫名的失落,我目送母女二人走出超市,想起并理解了文昌所说的在县城看什么都有重影的那种恍惚感。

我隐约感到丁文昌的叙述很大程度上改变了我对故乡的认知,像刚刚掌握某种新理论的学生对从前的经历产生完全不同的看法一样,我意识到过去十几年间,我只是短暂地浮在县城生活的表面,这一次则深深嵌入其中,许多令人窒息的回忆从四面八方向我涌来。我从一个装满旧物的纸箱里翻出几张红色的奖状、一个装满小纸条的信封,以及一张在"一中"校门前拍摄的高中毕业合照。记忆通过这些物件得到了修正:原来我比自己想象中的更"正统",证据是我每年都被评为"三好学生";而陈书娣写给我的纸条竟然这样直白,每一张上都有"爱"这个字,重读她涂有白色改正液、一笔一画写给我的诗句,我的心里骤然升起一种混合了尴尬、感动和兴奋的柔情;在毕业照上,陈书娣穿着一件淡黄色的上衣,怕冷似的缩着脖子,露出一个含羞的孩童般的笑。身穿条纹衫的董子琪就站在她的身旁,她的头发一半捋到耳根后面,一半披在肩头,看上去比其他女生成熟得多。丁文昌的刘海几乎遮住了半边眼睛,同他那件白衬衫一起营造出故作深沉的迷离。而身穿蓝白色校服的段树华则比我印象中的样子清秀得多,他用一种似乎带着鄙视意味、像是要看穿摄影师的目光近乎怒视地盯着前方。但我没有能力像丁文昌那样,从这些芜杂的碎片中淬炼出诗意,用文学的针线将它们串联起来,而只能任由它们在我的脑海里胡乱冲撞。也许是为了驱散这种不断膨胀的沉重感,临行的头天下午,我又一次骑车来到倒水河水库大堤。

这是一个大晴天,气温明显回升,给人一种病毒已经完全退散的错觉。坝上的年轻人很多,大概多半都在等待复工的通知,但这毕竟是一个难得的被延长的假期,所以他们笑声不断,空气里酝酿出与新闻中的世界处于平行时空的假日气氛。其实除了眺望一下一成不变的倒水河和坝坡上卑微的花草,这里并没有什么风景,但郊外的野地和树林在县城扩张过程中全都化为商品房的地基,确实没有更好的去处了。我再次发动电动车,决定朝路的尽头驶去。重走一遍旧路的想法不是这时才有的,与丁文昌的前两次见面,我都有过这个冲动,但他的谈兴让我找不到合适的机会提出建议。

坝上那条布满裂纹的水泥路比记忆中的短得多,路过泄洪闸门和水泥亭,很快就到了和当年一样大门紧闭的县地震局,院中那棵在我们游玩那天结满青果的柿子树这时已落光叶子,抻着颓败的枝条无力地伸向围墙,我记起我们那天都猫着身子往里瞧,像在期待有人从又大又亮的树叶后面猛地出现，吓我们一跳。文昌当时还尝试用自己的钥匙打开大门，最后好像还有谁踢了铁门一脚，我的耳边现在回响起的便是眼前这串生锈的锁链在十五年前发出的撞击和摩擦声。没多久，我又看到三排楼体很新但玻璃窗户已被砸碎、房门也不知所踪的写字楼，他们四个人如果看到院子入口处刻有"大别山大学生创业基地"字样的石碑，想必也会和我一样觉出一种好笑的荒诞，很难想象创业的浪潮竟从大城市一路冲到这荒郊野岭，也无从推测曾在这里办公的年轻人到底有过怎样的创业目标，说过哪些豪言壮语。大堤上的水泥路到这就断了，再往前是一片装有防止石块滚落的铁丝网的峭壁，只能沿一侧的土路，穿过大片菜地进入水库旁的村子。这条狭窄的下坡路使我猛然想起，二〇〇五年，我们几个人就是从这里下去，一路有说有笑地经过好几座村子，绕了许多小路才走回县城的，而段树华是在中途同我们分手的。分不清是真实的记忆，还是在丁文昌回忆的影响下生成的幻影，我的眼前忽然清晰地浮现出段树华在长着白茅的水塘边低头行走的背影，他走得很快，像是着急摆脱我们四个人的目光。

这一画面使我原本就有的模糊的冲动获得了清晰的方向：我决定去段树华家看看。手机地图显示距离此地四公里确有一个姓段的村子，我便朝那个红色的圆点骑了过去。路过的村子盖起了大片楼房,使得夹杂在它们中间的低矮的砖瓦房有了历史遗迹的意味,沿着我在恍惚中想起的丁文昌提过的那条陡峭的山路,便到了山脚下远看上去显得颇为杂乱的段家楼村。坡底用来防止外人进村的救灾帐篷里已经没人执勤了,帐篷后的池塘里竟躺着一架断成两截的木头水车,它使我惊讶地回忆起那早已变得遥远的年代,劳力们用力摇动把手,将水塘里的水抽进稻田,遇见干旱的夏季,就能在村里看到这些像小型人造河一样架在塘边的水车。直到这时,我整个人仍然处于一种失神的漫游之中,任由朦胧的感觉主宰我的行动,我并不清楚到底要不要以及怎样找到段家。如果不是一位仿佛从历史深处走出来的驼背老人,以长期独居者见到陌生人时特有的热忱询问停在原地张望的我找谁,我很可能只会对着水车在心底感慨一番就掉头回家。而当我不抱希望地说出段树华这个名字时,那个挂有一道悬针纹的老人竟带着一丝困惑点了点头,顺手给我指了一条通向那个有着红砖围墙院子的小路。

这时我的电动车却快没电了,只能以慢跑的速度时断时续地缓慢前行。我不停回想起丁文昌对这个村子的文学描述,它在我眼前也由此变得越来越不真实。在一条与我脚下的路平行的、中间隔着一长道干枯的稻田的小路上,一个瘦弱的少年手持一根棍子,以砍头的姿势抽打道旁的野草,侧过身看到我后,他停住手,像是要认出故人那样注视着我,以至于我很难不把他想象成十几年前的段树华。等我终于挪到院门外,下车穿过院子,来到如此用心地翻弄菜地以至于没有听见任何动静的白发老人面前,询问这是否是段树华家并自报家门时,他点着头嘟哝了一声,似乎对我的忽然出现并不感到奇怪。他打开菜地旁接有黄色软管的水龙头,洗了把手后,又拿一块被污渍淹没的白色抹布擦了擦红色的塑料凳,请我进堂屋坐下。他那张带着哀戚的脸在白得有些病态的头发的映衬下显得十分憔悴,不知道是丧子的悲痛多年来持续侵蚀的结果,还是他本来就生就了一副苦相。细看便会发现,他无疑与段树华有着某种紧密的亲缘关系,将毕业照上的那个少年的头发染白,贴上泛黄的胡须,再刻上一道道皱纹,大概就会老成这个样子。

我感到自己坠入了某种错乱的时空之中,尤其令我晕眩的是,段父一面从一摞纸杯里抽出一个准备给我泡茶,一面告诉我,树华还没起床,他这就上楼去叫醒他。可能是我听错了,又或者段树华并没有死,丁文昌给我讲的只是一个虚构的故事;我在心里揣摩各种可能性,同时不无惊惧地看着老人泡完茶,转身消失在楼梯间。听着他上楼的脚步声,我犹豫要不要逃离这栋越来越显得像是从噩梦中幻化出来的房子,堂屋里乱糟糟的，桌椅、农具和衣物都不在它们该在的位置上，屋子的主人似乎有意通过这种无处不在的紊乱来展现自己的苦难。但另一方面，我又十分好奇，甚至有些莫名期待，想知道老人是否真的会把段树华从楼上领下来。为了恢复镇定以便理清思绪，我端起段父泡的浓茶喝了一口，茶水溅到大腿上时，我才意识到自己的手在微微发抖。我在堂屋里走动起来，试图找出一些能够确认自己到底身在何处的线索，我注意到供奉着观世音菩萨的春台上并没有丁文昌着重描述过的骨灰瓮，而靠近春台的墙上竟贴着一张红纸，上面有毛笔写成的落款时间为二〇一七年的婚礼流程，新郎的名字居然是段树华。这时楼梯间再次传来脚步声，我做贼般迅速回到刚才落座的椅子上，假装刚起身，段父则将一个正往嘴里大口灌着可乐的年轻人搀扶到我对面的椅子上坐下。这个顶着一头枯黄而细软的头发，有着明显动作协调障碍的人无疑不是段树华，他的个子更高，看上去也才二十出头。这一观察令我困惑不已，同时又有一点莫名的怅然。他喝可乐上了瘾，正当我考虑该如何提出我的疑问时，段父以带着歉意的口气对我说，一天至少要喝两大瓶，过年更是喝个不停。他一边说，一边蹲下身子给那个年轻人系鞋带，并呵斥他自己拉上羽绒服的拉链。这时院门外传来摩托车的轰鸣声，随即响起一个女人干脆的声音，她先是咦了一声，接着便问门口的车子是谁的，大概是下意识地渴望有人能将我从这种诡异的困境中带出来，我立即起身去迎接她的到来。段父从那个穿着淡黄色呢子大衣的中年女子手中接过用红色塑料袋装着的茼蒿和红菜薹，抢在我前面向她解释说，段树华的高中同学来看他了。她朝我露出一个僵硬的微笑，看了一眼从口袋里掏出来的手机，叫我留下来吃晚饭，家里的饭菜都是现成的，没过多久，她便像看穿了我的心思一样，说带我出去转转。

让你见笑了，走出院门后，她一面扶起自己没有停稳倒在地上的摩托车，一面笑着说，我是段树华的二姐段树文，你大概被我的父亲弄糊涂了吧，那个人不是我的亲弟弟。她提议我们去屋后的松树山上逛逛，当我跟在她身后沿一条上坡小路，走进那座小山时，她一直保持着沉默，期间有两次回头看了看我，像是要说些什么，最后还是没有开口。山路的两旁，新长出的浅绿色松针看上去就像是深绿色松针的白发，满地无人捡拾的黄色松针则让山林的主体像是永远留在了秋天。山路的拐弯处建有一座故作古朴因而显得突兀的亭子，亭后是一片像是得了虫病、枝干发黄的竹林，她解释说后山里搭了一个影视基地，这里的亭子和竹林也是用来拍戏的，八路军就埋伏在这里打日本鬼子，村里的男女老少都当过群演，八十块钱一天，还管一顿饭。

挺有意思的，在亭子的石凳上以二郎腿的姿势坐定后，她望着山的深处说，可惜段树华看不到了。我趁势追问段树华的死因以及那个年轻人到底是谁，她却露出惊疑的表情，随即陷入沉默，不知是在整理头绪，还是对我怀有戒心。可能是受到了进村后一直笼罩着我的亦真亦幻的朦胧感的影响，我忽然开口告诉她这些年我一直想起段树华，很想写一本以他为原型的小说，如果她愿意给我讲讲，我将感激不尽。这一谎言的灵感当然是丁文昌带给我的，但也许不完全是欺骗，我在心里安慰自己，我只是设法完成丁文昌该做而没做好的事。怪不得你们能成为朋友，正当我在思忖这个说法是否能奏效时，她不无兴奋地说，段树华也很喜欢写东西，父亲从上海带回来的遗物里有不少他写的文章，我将它们全都整理在一起，但我只是粗略地翻了翻，没有细看过。

树华就是太善良了，她终于有了打算长谈下去的口气，他一直对两个姐姐辍学供他读书这件事耿耿于怀，一心想着早点出去挣钱，所以他没有复读，而是去一个专科院校念了计算机专业，从大一下学期开始，他就做起了收售二手电脑的生意。我还记得他赚到第一笔钱的时候，很兴奋地给我打了电话，还买了一支钢笔和一个笔记本寄给我，他知道我以前语文成绩很好，喜欢写作文，就鼓励我多写点东西。后面发生的事是父亲讲给我听的，我也只知道一个大概。据说起因是他收了班上一个同学的电脑，当那个湖南人反悔想原价买回去时，他已经把电脑卖给了商场，湖南人要他赔钱，他不肯给，两个人便为这事吵了一架。没过多久，湖南人和他的老乡在校外的电话亭里看到树华，就打算上去揍他一顿，他们找不到别的凶器，就想到用电话线勒住树华的脖子吓唬他，结果失手把他给勒死了。

事情发生得太突然了，她哽咽着说，我们一家人完全没有心理准备，父亲更是拒绝接受这一切，想尽一切办法维持树华还活着的假象。他先是否认警察的调查结果，声称凶手另有其人。之后又花钱召集一群工友去校门口静坐，学校为了息事宁人答应将原定的两万块钱补偿费改为二十万。他做这事也不是为了钱，她叹了口气，像是对接下来要说的话失去了信心，而是希望通过这种方式为树华争一口气。钱到账后，他也就失去了继续待在上海的理由。他回家那天，我和母亲在家等他，饭菜都已经热了好几遍，那一年多的时间里，父亲一边在上海的工地上打工，一边为树华的事四处奔波，他每次打电话回家都告诉母亲，树华没有死，他很快就能找到他。这种带着绝望的乐观甚至感染了母亲，最终也让我恍惚起来，所以当我们远远看到父亲带着一个小伙子走在屋前的田埂上时，我和母亲不约而同地冲了过去，我从来没见我的母亲跑得那么快过，我都追不上她。等我们跑到父亲面前，才发现他身后的那个人不是树华，父亲却坚持声称那个一头黄发，大概只有十三四岁的孩子就是他的儿子。

直到这时，她摇摇头说，我们才知道父亲已经疯了，我们家自此也就一路朝着深渊滑去。我从父亲那颠来倒去得像是说梦话一般的回忆里大致得知，黄毛之前一直在父亲工地附近的街上捡破烂，后来似乎是偷人家的车标，被车主撞坏了脑袋才变成这样的。也不知道那期间到底发生了什么，最后父亲竟会将他认成树华。有时我也怀疑父亲是在装疯卖傻，因为每年清明节他都会跑到似马山上去给树华上香，而除了认错儿子这件事，他在其他事情上似乎都很清醒。黄毛刚到我们村时只是有些结巴，能说出完整的句子，也能帮忙做点家务，后来才知道他有癫痫病，每年都要发作几次，倒在地上口吐白沫，很吓人。每发作一次，他的智力好像就会减退一点，到现在连衣服都不会穿了。听母亲讲，村里人本来还很同情我们，父亲去上海打工那阵子，经常有人给我们家送菜送米，但自从这个有癫痫的孩子来了之后，他们就像是害怕被传染一样见到我们就躲。所以母亲在同跑出租的叔叔商量过后，趁父亲出去干活的时候，将黄毛塞进叔叔的面包车里，打算送到武汉去扔掉。现在想来，确实有点残酷，但那时我也觉得母亲这样做没错，我们都想尽快摆脱他。谁知道，两个星期后，黄毛居然一个人从武汉走了回来。那天我正好在家，天刚亮的时候，他拿了一根木棍像击鼓鸣冤那样不停敲打院子的铁门，我去给他开门，他张着缺了两颗门牙的嘴冲我痴痴地笑着，外套上还挂着血迹。

那个样子又让我觉得他很可怜，段树文从口袋里抽出一包烟，问我抽不抽，见我摆头她便把准备递给我的烟放到了自己脱皮的嘴上，深吸一口后，她接着说，那一幕让我想起二〇〇三年我在东莞打工认识的一个人。有阵子暂住证查得很严，我们一看到穿着制服的治安员就躲，那时一个月工资只有三四百块，办一个暂住证要两百多，为了省钱，很多老乡都没有办，反正我们也很少出厂。但那天和两个老乡逛完商场回厂的路上，我们被两个治安员抓了个正着，他们用一辆后排座位被拆掉以便能关押更多犯人的面包车将我们送到了看守所。进门那间屋子里人多得没处下脚了，我便被安排到隔壁屋，和两个老乡分开了。那间屋子放着十几张上下铺，地上全都是用纸壳和报纸垫成的床铺，中间还用粉笔画出一道道白线以示界线。有几个人凑过来问我犯了什么事，听说我只是没有暂住证后,她们都没了兴趣。跟她们一聊,我才知道这里面有扒手、老鸹子、吸毒的,什么人都有。一时出不去的人大多躺在床上发呆,刚进来的几个人都站在一旁打电话,喊人来领他们回去。因为没有暂住证进来的,叫人过来补缴三百块钱也能走,但那天不凑巧我的手机弄丢了,可能就是推搡时掉在面包车上了,他们肯定不会把手机还给我,连我买的衣服和零食都被他们抢走了。我以为那两个老乡喊人来捞她们时肯定会记起我,哪知道她们竟把我给忘了,直到夜里也不见人来。晚上我没地方睡觉,就打算靠在墙角凑合过一夜,一个皮肤白皙的姑娘见我可怜,把她的床铺让一半给我睡,还塞给我一个馊掉的包子。我本打算跟她聊聊天,却发现她的智力好像有点问题,说话只能几个字几个字地往外蹦。第二天中午,进来一个凹着眼睛、长相凶横的治安员,大家一见到他都纷纷往边上退让,他一直用那种色眯眯的眼神打量一屋子的女人,最后竟落到我的身上,我还没反应过来,他就走过来一把抓住我,说带我出去吃点东西。在他将我往外拖时,那个姑娘跑过来死死抓住我,动静闹得太大,惊动了看守所里的民警,他才用力甩开我的手臂。直到第三天,我才被厂里一个对我有意思的男生给救了出去,如果不是那个姑娘,真不知道那天会发生什么,但我后来再也没有见过她。在我的记忆里,段树文忽然总结道，她似乎一直待在那个潮湿的看守所里，随时准备拼尽全力去保护其他被侮辱的女人。

　　真是不好意思，我聊天总喜欢离题万里，段树文在苔藓上掐灭抽完的烟头后起身说，坐在这里有点冷，现在还早，再往山上走走。大概因为刚才的坐姿有些别扭，她在腿麻的作用下打了个趔趄，一面哎呀哎呀地叫，一面将一只手搭到我的肩上，过了好一会儿才拿开，又用这只手将散落到太阳穴处的头发捋到耳根后，我闻见一股此前便隐约嗅到但没有留意的廉价香水味。这一突如其来的身体接触和她不经意间展现出的女性气质，让我感到有些尴尬，她却表现得很自然，像是把我当成了她的弟弟。其实这些年，她用一种仿佛变得更亲切了的语气继续说道，我偶尔也有写作的冲动，想把我这些年遭遇过的事记下来，但我不确定这些平凡的经历有没有人愿意看，我也写不好，你要是写下来了，记得发我看看。说完她又掏出手机要求加我为好友，她的网名叫"往事如烟"，在用作头像的照片里，她站在一个由三条向上飞舞的巨大的红色绸缎构成的抽象建筑物前，比划出一个剪刀手的姿势。

　　想起那个姑娘后，段树文像是忽然记起了自己插叙东莞往事的目的，讲回了老家的事，我对黄发便有了更多的同情，我带他去县医院补了牙，还顺便给他买了两套新衣服。母亲似乎也认命了,同父亲一起照顾起他的饮食起居,尽管她和我一样一直喊他"黄毛"。没过几个月她就中风去世了,这个苦命的人真的是没有享过一天福。葬礼那天,我和大姐抱头痛哭,但谁也没想到哭得最伤心的人居然是黄毛,他冲到棺材前,拼命将那些大人往后扯,不让他们合上棺材盖。我和大姐都开始觉得,带这个孩子对父亲来说也许是件好事,不然母亲过世后,他可能根本没办法活下去,从前他一个人待在家里,情愿就着白酒吃生红薯,也不生火,而现在他必须顿顿给他认的这个儿子做饭吃了。其实只要不生大病,父亲从上海讨回来的二十万,再加上他给附近村子帮忙盖房子赚的钱,完全可以维持他俩的基本生活。谁知道这点钱还有人眼红,隔壁村有个媒婆得知已经成年的黄毛后,跑到家里来说媒,最后竟说动父亲,让他花了九万块,从二程镇买回来一个儿媳妇。

所以就有了三年前的那场闹剧,她干笑一声,接着说,这些年我一直在武汉上班,只有节假日才回来看看父亲。黄毛的癫痫已经很少发作了,脸色红润了不少,头发也渐渐黑了起来。父亲出去干活了就把他锁在院子里,他也不闹腾,晚上他俩总是坐在一起看电视,看到好笑的地方也会跟着父亲跺脚傻乐。可能就是这种好转的迹象,让父亲感到的确应该给他说门亲事。那个姑娘据说是一个早产儿，智力低下，话也说不清楚，但洗衣做饭都没问题。才二十出头，她已经结过两次婚，两任前夫都比她大三十多岁，一个出车祸死了，一个醉酒后掉进高桥河里淹死了，他们镇上的人都觉得她是个扫把星。媒婆当然不会把这些事告诉父亲，我也是后来才听说的，事实上直到婚礼的日子定下后，我和姐姐才知道父亲弄了这么一出。大姐从泉州赶回来阻止这场婚礼，父亲和她大吵了一架，还让她把头些年姐夫借他的五万块钱还回来，最后居然坚持要大姐写下欠条再走。自那以后，大姐就下决心要同老家一刀两断了，她这三年都没有回来过。婚礼当天，家里来了不少人，可能都是抱着看笑话的心态来的。父亲好面子，这一次也不例外，他请了十二辆车把那个姑娘从二程镇接了过来，沿路不知道放了多少烟花爆竹，还请了一个乐队，在院子里吹拉弹唱。黄毛一开始觉得很新鲜，看着自己的新衣服傻笑，后面就不耐烦起来，拜堂的仪式几乎是叔叔摁着他的头完成的。尤其可笑的是，夫妻对拜时，他不小心撞上了新娘的头，而这一下刺激了他的神经，他将新娘一把推到地上，自己也趴到地上大哭起来，新娘哭着要往外跑，被她的母亲给拉了回来，现场乱成一团。那一刻我真的觉得很丢脸，我也很想像姐姐那样一走了之，离开这个被诅咒的家。我也从来没有像那天那样渴望回到东莞,在大城市打工虽然辛苦,但遇到的都是年轻人,聊的是自己感兴趣的事,老家的那些破事似乎离我们很远,尤其在逛街看着琳琅满目的商品时,会有那种已经重新投胎做人的感觉。

后面发生的事就更荒唐了,她用手掌揉了揉额头,像是要让自己变得清醒一点,到最后我都已经麻木了。那天晚上,村里的那帮人居然还有心情闹洞房,他们摘下新郎的名牌戴到父亲胸前,要他和新娘喝交杯酒。这一幕被人拍成视频发到网上后,有网友给取了个"黄安县一老汉娶智障少女为妻"的标题,因为新娘看上去很年轻,很多人便以为她是未成年人,父亲因此被骂得狗血淋头。我才发现大家真的活在完全不同的世界里,别说是一场误会,就算是真事,在我们这里也不少见,网上的人却当成外国的稀奇事。后来县公安局还派了两个人来查,弄清事实后也没说什么,只是收回了他俩的结婚证,宣布这场婚姻无效,以便给网民一个交代,但最后好像连通告都没有发,因为网上的新闻太多了,一件比一件离奇,大家早把这事给忘了。但是出了这事后,新娘的母亲觉得脸上挂不住,她说没有结婚证,她的女儿来这里就是做鸡,话说得很难听,她以此为借口将女儿领了回去,还死活不肯退彩礼钱。叔叔带我上她家要钱,我才知道她家并没有我想象的那样破败,那套二程镇上的商品房装修得很豪气,堂屋里摆着一个带流水的假山盆景,看来那个女人是把自己的女儿当成了摇钱树。我甚至开始怀疑那个姑娘不是亲生的,她的房间里连张床都没有,只有一张地铺。那个画面又让我想起了看守所的那个姑娘,段树文又给自己点了一根烟,猛吸一口,我忽然觉得自己应该做点什么,可是又能做些什么呢,穷人是没法帮助穷人的。看到我们来了,那个姑娘倒是挺热情,张罗着要给我们泡茶,她的母亲却狠狠拍了一下她的手臂,吓得她赶紧退回卧室,钻进地铺里。结婚那天,哪怕是新娘大哭不止时,那个化了妆的女人也是笑眯眯地在一旁安抚,大家都觉得这个母亲很有耐心,而现在她简直是换了一张脸,说话句句带刺。最后好说歹说,她才答应退一部分钱给我们,接过她用两个大红包装着的两万块钱时,我感到十分屈辱。我把钱交到父亲手上,叫他不要再折腾了,他嘴里咕哝了一声,不知道是在表示同意还是抗议。这件事对他的打击也不小,自那以后他越来越不爱说话,也不再出门打零工,每天都在家里翻弄菜地,经常喝得醉醺醺的,还买来红砖将围墙加高了一米,像是要把自己同外界彻底隔绝开来。

　　山上的气温本来就比山下低,随着太阳的西斜,洒进林子里的光越发稀少,段树文的回忆似乎也加重了阴冷的感觉。见我往上提了提外套的拉链,她便决定带我回去。再次经过亭子时,我们发现竹林里飞进一群灰鸟,不停地翻飞跳跃,发出刺耳的嘶鸣声,有一点恐怖,却又以一种奇怪的超现实意味,展现出令人震撼的生命力。我问她这是什么鸟,她说她也不知道。其实我以前也不爱说话,她忽然用在我看来转变得过快的愉悦表情笑着说,自从在武汉做起房地产销售的工作后,我的话就渐渐多了起来,没办法,这行就是靠嘴皮子吃饭。但是公司到现在还没通知我们复工,看这形势,我可能又得换工作了。年前我带着孩子住在公爹家,没想到一下子被关在县城出不去,待了两个多月,我反倒没觉得有什么大不了,可能因为家里这些年遭受的白眼早就让我有了被隔离的错觉。弟弟去世后,我原本也以为自己再也没法从阴影中走出来,他刚走的那两年我经常梦见他,醒来后枕头都会被我哭湿,但这些年我已经很少想起他了,今天要不是遇见你,很多话我大概一辈子都不会跟人讲,跟你说完后我反而感觉痛快多了。

回家后,段树文手脚麻利地洗米蒸饭、择菜洗菜。我本来打算直接走掉,忽又记起电动车没电了,只好一边充电,一边同她有一搭没一搭地聊着天,我们的对话重新退回那种保持着社交距离的谨慎之中。那个作为段树华的替身而活着的年轻人似乎对我放松了警惕,摇晃着身子拉我去看他的杰作,他将好几个白色的塑料袋用胶带粘在一起缠到木棍上,给自己搭了一个"蔬菜大棚",棚下插满了菜根、瓜蒂和枝条。段树华的外甥从院外跑了进来,他将院门反锁,冲着追他的孩子做鬼脸,那两个小孩悻悻地走掉后,他又跑过来蹲在地上查看"大棚"。他身上的泥土惹来母亲的责骂,他却毫不在意,一个劲地喊着舅舅,问他能不能往"大棚"里种点瓜子和花生,舅舅啊了一声,重重地点点头,他便跑去堂屋的果盘里抓了一捧出来。两个人便手忙脚乱地种起"菜"来,完全沉浸在一个远离苦难的天真的世界之中。

大约半小时后,我还是以明天就要回深圳、东西还没收拾为由,不顾段树文的劝阻,执意回家。见我去意已决,穿着围裙的她让我再等一下,接着便跑进里屋,拿出一个黄色试卷袋递给我。这是段树华上大学写的文章,她笑着说,你看看吧,也许对你有用。段父听见这话却忽然冲过来,一把将试卷袋夺了回去,她向父亲解释说我是作家,是来给段树华写传记的,老人才带着将信将疑的神情将它转交我。树华还是挺有文学天赋的,段父用自豪的口气告诉我,这是家族的遗传,我念小学时就喜欢语文不爱算术,我的父亲还当过小学校长,你去打听打听,他是这附近七里八乡唯一的右派,只是还没等到平反就病死了,不然我们家也不会变成这个样子。他去世时我才十五岁,是我一个人把两个兄弟、一个妹妹拉扯大的。他好像还想继续说下去,段树文却走过来,用一种与她的年龄不太相称的羞涩姿态,锤了一下父亲的后背,示意他不要再说下去。接着她又从春台的抽屉里找出一包港饼,硬塞到我手上,叫自己的儿子向我告别。那个喜欢喝可乐的年轻人也跟着他的外甥,不停地挥着沾满泥土的手,冲我喊着拜拜,拜拜。

  带着难以言喻的复杂心情,我走出段家,骑上电动车朝县城的方向驶去。当我来到丁文昌提过、被段树华写过的似马山时,也许是为了平复一下心绪的剧烈起伏,我也决定去山上看看。在山脚下停车时,我看到一条瘸腿的白狗趴在乱石堆里,用一种疑惑的口气轻声呜咽,像是不能理解自己为何会陷入这样绝望的境地。我拆开港饼,掰了一块给它吃,吃完后它舔舔舌头,很知足地夹着尾巴朝马路艰难地走去。我近乎失神地望着它一点点消失在我的视线里,耳边交替地回响着丁文昌和段树文的声音,我忽然意识到这次拜访意外地将我带入了另一个回忆的漩涡,而这一次我确实隐隐感到自己有责任将一切讲述出来。我尝试将两个声音整合到一起,却感觉他们的叙事像同极的磁铁一样互相排斥。我忽然想起段树华的手稿,便取出后备箱里的试卷袋,打开后发现里面装着几封信，一叠用A4纸双面打印并留有中性笔涂改痕迹的稿件，以及一本黑色封皮的日记。我找了块平整的石头坐下，翻开了日记本。

我也想像我的同学那样借着国庆的名义挥霍青春，二〇〇六年十月一日，在夹着几张印有"珍惜生命之水"字样、面值80分的邮票的那一页上，段树华用工整得像是从草稿上誊抄出来的字迹写道，所谓青春是没有人性的，因为它意识不到时间会以死亡的形式戛然而止。可像我这样的人没有资格去体验那种使人忘却时间的眩晕，我的时间总是不够用，我总是想着将它们兑换成钱，以便为自己的未来争取更多时间。这样一来，我就陷入了恶性循环。今天我回收了一台八成新的电脑，重新配置后卖给商场，至少能赚八百块，我马上就能买一台属于自己的电脑了。我已经尝到了甜味，很可能会上瘾，我必须对此保持足够的警惕。但另一方面，我又感到自己必须习得狐狸的美德，以便在巨兽出没的森林里，像卡夫卡那样守住自己的洞口。

这两天又有很多新生被骗进了这所学校，随手往前翻了几页后，映入眼中的是二〇〇六年九月三日的段树华用一种稍显潦草的笔迹写下的文字，而他们很快就会发现，虽然上海挤满了做梦的年轻人，活在这里的这一批却连一个像样的幻觉都没有。他们作为高考的弃儿来到这所野鸡大学，奢望用逃离的激情换来新生的可能性，却没想到等待他们的只是被当成柴火一样烧掉的余生。行李箱的万向轮切割地面的声音不免使我回想起一年前的情景，那天父亲送我到学校报到，我们像牵线木偶一样被高年级的学生领着去办理各种手续，到处都有人发传单，竭尽全力制造出大学生活丰富多彩的假象。中午食堂打饭的队伍排到了门口，我和父亲便去校门外的小餐馆一人吃了一碗番茄鸡蛋面，他抱怨价格太贵，却又将那碗寡淡无味的汤面几乎一口气吞了下去。下午我本来打算带他去上海转转，至少要看一下东方明珠，他却不想再多花一分钱，一定要早早赶去火车站。我后来才知道他没有买到当天回去的车票，在火车站整整待了一夜。看着他离去的背影，我忽然感到羞愧难当，对自己来上海读书的冲动后悔不已。其实从高考的考场出来，骑自行车回家的路上，我就有了一种已经彻底丧失了未来的预感。父母没有问我考得怎么样，我的脸色说明了一切。他们准备了一桌子饭菜，还摆上了两瓶啤酒。我没有动筷子，一杯接一杯地喝酒，可惜一瓶酒只能倒三杯，而父亲不允许我再开一瓶，因为酒鬼都不希望自己的儿子继承他的醉意。那种似乎能将人的魂魄吸进去的沉默在屋子里不断发酵。要是二姐在家，气氛也许不会这么僵硬，她很擅长困苦中的微笑。不过想起她那些流动的笑声，这间屋子就越发显得凄凉，没有人味。虽然我知道我的偏科不会带来好成绩，但分数比我想象中的还要低得多，我无法报考任何一所校名里带有"大学"的学校。我看到丁文昌和另外几个尖子生在那里畅谈未来，他们的眼睛里闪烁着向大城市进军的激情。我走进厕所，撕掉了一字未填的志愿单。在学校门口那条比往常显得更长的下坡路上，一个穿西装的男人递给我一张红色的宣传单，上面印着一家上海的民办学校的信息，他们的招生对象就是像我这种毫无出路的人。出于某种自我作贱的心理，我拿着那张宣传单，告诉父亲我要上这个学校。我本以为一年上万块的学费会让他望而却步，接下来我就得收拾行李，和我的两个姐姐一样去东莞打工，重新经历一遍她们受过的罪，却没想到他只是迟疑了几分钟就答应了，而带着一丝出逃的憧憬的我，居然也没有对此表示反对。

这里的学生几乎没有灵魂，段树华在二〇〇五年大一开学后不久的一天写道，所以偏爱展示肉体。男生聚在一起，不是在口头上炫耀性器，便是在行动上显摆拳头，好像他们身上只有这两个地方能硬得起来。女生则早早地涂上了口红和指甲油，以此增添她们的性感。而学校的老师差不多都是来做兼职的，讲课从来都是照本宣科，像是在教我们认字，问题是还经常念错。不过，尽管对这个像小广告一样贴在上海市区中的职业技术学院失望到了极点，重新做人的激情仍在我的心底涌动，所以我买下一辆二手自行车，报名参加了学校的骑行社。第一次出游，十几个社员穿着社团统一订购的白色T恤，浩浩荡荡骑往新场古镇，的确有点青春作伴的意思。我们骑了一个多小时才到，但那个有着发臭的绿色河道，到处都在贩卖廉价小商品的风景区让我感到很是沮丧，怎么也无法将自己代入游客的心灵。同学们却很快找到了感觉，他们品尝着各种美食，面对相机的镜头，很自然地用微笑、剪刀手和飞翔的姿势展现出征服的姿态。我的身上却总像是携带着地洞的气息，只能像蝎子那样举起眼睛，用防卫的姿态看人。我躲在一角，反刍着自己的无能，忽然意识到在无边的黑暗中，对曙光的渴望才是最不健康的念头，也许只有死亡才能结束这一世的朽坏。那个在路上和我搭过几句话、长着酒窝的女生见我满头大汗，便好心地递给我一张带着香气的纸巾。她好像有点同情我的离群，我却只能尴尬一笑，没法给出更积极的回馈。我无法摆脱那种我不可能去爱任何人，任何人也不可能爱上我的念头。最后我借口要去附近的学校找一个朋友脱离了集体，实际上却只是等他们走后，再一个人慢慢骑回学校。我想起一个月前，我在老家的倒水河边遇到丁文昌和另外三个高中同学，他们问我在做什么，而我不可能告诉他们我已经在水库边逡巡了一上午，一直在考虑到底该从哪个地方跳进去。可能是被他们身上那种单纯的快乐气息所感染，丁文昌邀请我同行后，我居然真的决定跟他们一起游玩。但我知道我根本不可能融入他们，就像一个农民无法在城里的亲戚家感到自在一样。没过多久，我便发现他们是两对情侣，都在拿眼神抚摸对方的身体，我的处境因此而越发显得窘迫。一条分岔路拯救了我，我绕了很多路才在天黑之后回到家里。接下来发生的事为这段回忆增添了一个颇具象征意味的注脚，我的自行车链条在半路上毫无预兆地断掉了，不是脱落，而是断裂，不是嘭的一声，而是嘘的一声，就像我的人生。走在人生的中途，我也迷失了方向，可是又有谁会带我穿过幽暗的森林，飞向光明的乐园。

我合上日记本，感到自己再也没法多看一行。我躺到乱石堆上望着因为变灰而显得逼仄沉重的天空，身下尖石带来的刺痛感让我渐渐回到现实之中。我起身将试卷袋重新放进后备箱，朝山顶走去。半山坡上不同规格的墓碑和坟包以罚站的姿势并排跪在草木之间，我临时起意，打算去找找段树华的墓。清明节刚过，墓间泥地上残留着燃尽的烟头和香火，野茨和荆棘明显被清理过,露出经人踩踏的痕迹。路不难走，但上百个墓碑挨个看过去,都没有段树华的名字。天似乎快要黑了,我放弃寻找,沿一条几乎被淹没在芒草中的小路一口气登到山顶,直到这时,我才发现原本以为早已落下的太阳此刻仍然平静地挂在倒水河上,它看起来那么小,很难设想它能照到县城之外,而那既不炽热也不清冷的光,使人一时之间难以分清它到底是要缓缓下降,还是要再次升起。

2020 年—2021 年

冬 眠

没有人能在黑暗中看见另一个人。
——赫尔曼·布洛赫

国庆节期间，一个远房亲戚带着他的病来到了首都，苏定方早就忘了他的模样，也没能在电话里理清这个亲戚和他之间的关系，但有一点不会错，他们共有一个遥远的祖先，虽然这个结论并不能拉近他们之间的距离，毕竟他和所有黄皮肤的人都有一个共同的祖先。他也没有记住亲戚害的是什么病，自然很严重，不然也不会在游客最多的时候跑来北京住院。在父亲的再三催促下，苏定方终于决定去医院看望这个亲戚，他想他只能站在病房门口喊出亲戚那个代表祖父辈的方言称谓，而他的叫喊必然引来旁人的注视。他无法承受那么多同时射来的目光，对他来说，那就像一头长有许多只发光的眼睛，在黑暗中一齐睁开的怪物。苏定方坐在去医院的公交车上，设想应对方案，他可以先去护士站问病房号，再站在病房门口悄悄观望，亲戚的病床前应该没有前来探望的人；他也可以借助嗅觉，他感到来自家乡黄安的人身上都有一股难以遮掩的地方气味，他曾在上海的人民广场上准确地闻到了它，那天他循着气体飘来的方向找过去，果然看见一对正在讲黄安方言的情侣，这种感觉很诡异，街上那么多人，却只有他能听懂他们的情话，方言在这里似乎成了接头暗号。即将到来的会面使苏定方的这种感觉往更精细的方向推进了一步：当他们在病房里用方言交谈时，这种方言便造出了一个透明罩，人们可以看见却无法进入他们。他意识到现代标准汉语无法提供这样的护具，那种统一性造就的开放状态令人恐惧，因为你说的每一句话，都有十三亿人能听懂。公交车上便有两个职场女性正在用普通话快速而密集的语言攻击另一个不在场的同事。越过她们的头发，他看到黄色的手扶吊环像三角铁在空气中演奏无声的曲目。

已经来到医院门口的苏定方总感觉自己身上少了点什么，这才想起一个与看望病人有关的技术问题。他走进医院旁边的水果店，这里的水果鲜艳得像是从实验室里造出来的，但他还没有想好要买什么。小店的生意很好，电子秤旁边堆着四袋顾客选好的水果，老板操作电子秤的动作熟练得像流水线上的工人。苏定方在水果店里转了一圈，还是不知道该买什么，便决定闭上眼睛在水果摊前走七步，再伸手摸，摸到什么就买什么，结果他摸到了苹果，睁开眼睛后，他发现闭着眼睛摸到的苹果似乎要更凉一些。他往红色塑料袋里装了十一个，他喜欢奇数，奇数给人崎岖的感觉，质数当然更好，那种拒绝与更多自然数发生关系的高傲态度让他感到心情舒畅，但他想起这是送给病人的水果，也许象征平稳和圆满、比奇数更合群的偶数更好，所以他又往塑料袋里放了一个。

苏定方提着十二个苹果站在住院部大厅的电梯前排队，听见先后有五个人在抱怨电梯走得太慢，又看到三个人轮流走过去摁那个已经亮起的上行按键，就好像这样可以加快电梯的下行速度。他其实没必要着急，但还是不由自主地吸收了这群人身上散发出来的焦虑感，于是他也像其他人那样紧紧盯住显示器上楼层数的变化。七、六、五、四、三、二、一，电梯门终于开了，露出早高峰地铁车厢式的拥挤感，好在这些人全都会在这一站下来，让人不必像上班时那样紧张。电梯门即将闭合时，苏定方看到一个身穿白色衬衫的男人冲向电梯，并像上课回答问题特别积极的学生一样举起了一只手，正好他站在按键板前，便帮忙按了一下开门键，结果不小心按成了关门键。这种错误他犯过不止一次，他总是认错那两个符号，在他看来，◁▷ 分明是要合并成一个平行四边形，所以是关门键；而 ▷◁ 肯定会因为尖角的碰撞向两边散开，所以是开门键。电梯上行时苏定方一直在想那个没能赶上电梯的男人，他会不会因此产生一种被遗弃的绝望感，而这种情绪有没有可能成为压垮其生命的最后一根稻草，比如说，他一怒之下决定爬楼梯，当他走到自己要去的楼层后却像跟谁赌气似的，继续往上一直爬到天台。他不愿下来，因为他无意中来到自己人生的顶点，于是他翻过护栏，纵深一跃，享受自由落体之中的自由。苏定方一面想象着那个人砸中了汽车，震下一地的玻璃碎片，一面意识到在这种情形下，他在电梯里按下的其实是杀人键，而这样的完美谋杀，一定每天都在发生，他想，只是可惜不能这样杀掉自己。

那个脸色发黄的护士翻了翻登记册，低着头告知苏定方那个病人昨天已经出院，因为看不见她的嘴唇，他感觉这声音仿佛是从长在她眉间的那颗痦子里发出来的。苏定方感到释然，可以回到那个仅能容下他一人的出租屋继续他之前的生活了，同时他又被一种因忽然中断而带来的空白感击中，随即又为自己之前的内心彩排没有派上用场而感到一丝可惜。有那么一瞬间，他像阿尔茨海默症患者一样立在原地，不知道要去哪儿，也不明白自己怎么就来了医院。这一层住的都是肿瘤患者，就是说，有很多隐藏的肿瘤在过道里来回晃动，亲戚的肿瘤却背叛其他肿瘤独自离开，"肿瘤"一词的反复出现，令他头脑发胀，仿佛身边癌细胞的浓度在增加，让人很想呼吸一口新鲜空气。他朝过道尽头的阳台走去，手中提着的苹果不小心撞上了阳台的玻璃门，撞击声引来一个站在病房门口向外张望的病人的注视，为了躲避这道目光，苏定方迅速扭过头望向被雾霾吞噬的灰色天空，阳台上晾晒着一双带着污渍的白鞋，旁边还有一把令他想起暴风雨过后的稻田，白色粗毛倒向四个方向的刷子，当他再次走进电梯时，稻谷倒伏的景象还停留在眼前。苏定方向父亲发了一条用以解释当下情形的信息后，便迅速离开医院，来到公交站台，就在他要等的那趟全程有四十二站的公共汽车即将到站时，父亲又打来电话说亲戚不想再花冤枉钱，昨天决定提前出院，住进了医院旁边的旅店，计划乘坐中午的火车回家，如果他现在走过去，还能碰上。父亲又一次将亲戚的电话号码发给苏定方，之前因不想和这个亲戚发生太多联系，他一直拒绝将这串数字存进手机，为此几乎和父亲吵了一架。他很自然地接受了这一提议，大概因为听完父亲的话，他意识到这很可能是他见这个亲戚的最后一面。

苏定方觉得自己像是一个特工，而他的上级正坐在老家的躺椅上，靠着枕头向他发号施令，带着这种被操纵的感觉，他朝亲戚所在的那家旅馆走去。医院的侧门外在举办药品回收活动，住在附近的老人提着家里多余的药来兑换鸡蛋和面包，他们对自己手上的药很熟悉，互相谈论着药品的名称、用途和有效期。站在队伍最后面的老人在抽烟，他的动作很轻，像要维持即将断裂的烟灰的完整,站在一旁观察的苏定方忽然感到有必要在那截烟灰断掉之前同老人说些什么。当他仍在思考该如何搭讪时,他听见自己像往常那样说出一些几乎不受自己控制的话,他在询问老人卖不卖药,为了打消老人的疑虑,他进而补充说他愿意出三十块钱买他手上的药。老人表示同意,问他买这些药做什么用,苏定方解释说他是一个医学研究生,要拿这些药做实验。站在老人前面的那个看上去更老的老人听见他们的对话,也想把自己的药卖给苏定方,但苏定方说他的实验有这一袋子药就够了,那个更老的老人的眼球上布满了细小的血丝,使他看向身后老人的眼神像是带着世仇。

现在,苏定方一手提着苹果一手提着药,走在他偏爱的可以给他带来确定感的盲道上,脚下那些凸起的圆点又让他想起肿瘤,他意识到他要去的那家旅馆里有一颗小小的肿瘤,而除了其宿主,他是整个北京唯一知道这颗肿瘤在哪儿的人。旅馆老板似乎活在另一个时代,他坐在柜台后面看报,身后的墙上挂着三排世界时钟,苏定方轻轻敲了一下柜台,询问亲戚的房间号,老板将报纸对折,露出两片过于肥大以至于不得不向下耷拉,因而像是带着怒气的嘴唇,他听到这两片嘴唇在质问他为什么不直接打电话。因为电话里的声音总是令他感到莫名的恐惧,他当然不能给出这样书面化的回答，只好尝试寻找其他理由，一时又找不到，便只好暂时不出声。老板似乎并不急于得到答案，于是一个主意从这充分的沉默中浮现出来，他决定骗老板说他要找的这个人正在尝试自杀，如果出事，旅馆将承担一定的责任，不过没等他开口，老板就在登记册上帮他找到了亲戚的房间号。

楼梯间堆满了杂物，苏定方从中认出鞋架、雨伞、捕鼠器和电饭煲的内胆，它们像静物画一样待在原地积灰。这一观察使他忘记了老板告诉他的房间号，他只记得是四楼，又不想返回去再问一次，就决定上去碰碰运气，也许亲戚的门没关，尽管这种可能性很低。苏定方在过道里走了一个来回，只有一扇门开着，他站在这个无人的房间门口，看见枕头、被子和床、床、被子和枕头，这几个词像魂魄一样离开实体，朝他游过来，伸出手臂要把他拽进去，而他也的确感到了深深的倦意，他关上门倒在床上睡觉，在他快要入睡时，他听见过道里有人在走动，却没有走向他。他很久没有睡得这样沉了，醒来已经是下午一点，射进房间的光呈现出带着秋意的深黄色，他想亲戚一定离开旅馆了，手机上有父亲打来的三个未接电话，他决定关掉手机。

苏定方回到街上，苹果和药成为他的道具，让他看起来像一个匆忙赶路并知道自己要去哪的人，两个红色的塑料袋在两侧呼呼作响,像在激励他继续走下去,他沿着同一个方向走了很久,不知不觉来到了北京西站。站前广场上雨点般密集的噪音反而使他感到平静,意识到很难解释自己的行为之后,他感到心慌,便决定温习一遍上班的流程,以防偏离日常生活太远:过完假期的最后一天后,他将在床上醒来,望着天花板上那道熟悉的、正在一天天变大的裂纹,起床将薄荷味的牙膏放进嘴里,再把脸浸在有消毒水气味的自来水里,他看到镜子上的裂痕,钱包里的公交卡,钥匙在锁孔里转动,随后又看到丢有烟头的台阶,不时中断的盲道,装满了人的地铁,最后是像句号一样等着他的公司大门。如果他不去上班,这条运动轨迹就会被打破,他的人生将重组,这种可能性在心底不停抓挠苏定方。为了浇灭这一诱惑带来的激动,他去小超市买了一瓶碳酸饮料,喝了一口后,便盯住瓶内不断升起又破碎的气泡,像在观看一场微型的海难。苏定方坐在花坛的水泥边沿上,上面铺着的报纸似乎还残留着前人臀部的温度,一个头发蓬乱的乞丐走过来,问他是否还要继续喝这瓶饮料,他将塑料瓶递了过去,乞丐则当着他的面一口气喝光,像在向他展示生活的热情。

  天光已经越来越暗了,苏定方想要离开广场回到自己的出租屋,可是每次走到广场边缘,他都忍不住往回走。他发现自己很喜欢注视那些在等待中托腮而坐的人,他们看起来和他一样无法承受头颅的重量。一个年轻的女人向他投来没有内容的微笑,好像在说他不配看她的脸。一个没有睫毛的中年妇女问苏定方要不要住宿,他摇摇头,等他第二次遇到她,她又问了一次。左手的苹果较重,右手的药较轻,当苏定方察觉出这一区别之后,他就感到自己无法继续走直线,而苹果驱使他来到广场的东北角,那里站着三个抽烟的男人,他们手上的烟处在三个不同的燃烧阶段,二手烟的气味使他咳嗽起来,他低头看见一张背面朝上的身份证。他左右扫视了一下,没有遇上与他交汇的视线,于是他捡了起来,翻面后他看到那人名叫方东树,巧合的是,这个人不仅是他的同乡,还长着一张同他的脸型相近的没有表情的脸。苏定方很难不把这一小概率事件看成是某种启示,正当他一面考虑能拿这张身份证做些什么,一面继续在广场上逡巡时,那个中年妇女第三次问他要不要住宿,苏定方便问她旅店有多远,她说只用走三分钟,说完就把写着"住宿"的纸牌收回皮包,扭头朝身后的巷子走去。其实他还没有答应,但他感到女人这一连串熟练的动作带着奇怪的命令意味,使他不得不跟着她走。中年妇女的脚有点向内跛,使她走路的姿势带着一种艰辛的笨拙,等到在巷子里走了大约五分钟后,苏定方意识到自己被这个女人骗了,那家旅店即使真的存在,至少也比她声称的距离要远一倍以上,可他没有扭头往回走的勇气,他感觉这个跛脚女人与他之间的边界已被打破,而一旦他有了这种感觉,就会失去对自己的控制。

坐在前台的那个年轻女人的左脸上有一块像是贴上去的污渍般的胎记,苏定方忽然觉得正是那块胎记使她注定只能在这栋阴暗的旅馆里勉强度日。她没有怀疑那张身份证,在办理入住登记时,她拿食指挠了挠眉心,像在提醒苏定方注意她精修过的眉毛。乘电梯来到四楼后,一个紧绷着上嘴唇的清洁工向他投来一个有催眠意味的假笑,中午那阵深沉的倦意随即再次潮水般袭来,他忽然想到,也许他就是为了再次体验午睡时感受到的那种久违的幸福才来到这家旅馆的。进门后他倒到床上,准备和衣而睡,饥饿感却在阻止倦意的深入,他累得不想起身,便掏出苹果连皮吃了下去。吃完却更饿了,为了摆脱这种纠缠感,他掏出一把药,将药丸一颗接一颗地抠出来放进水杯,又拿烧水壶接水烧上,他要把这些胶囊泡开再一饮而尽。他意识到这最后的决定是由这一连串的动作一步步催生出来的,缺少任何一个可能都不会最终成形,而等水烧开后,他隐约感到他要做的这件事与死有关,但他不知道该怎样阻止自己,水的沸腾声反而加剧了他的冲动。等他喝完药，一股恶心的眩晕感从胃底升起，蛞蝓般爬满整个身体，恍惚间他看到旅店的四面墙壁朝外缓慢地倒下去。

第二天早上，苏定方醒了过来，也就是说他还没有死，他闻见食物腐烂的气味却不记得自己吐过。现在，他可以选择退房，坐地铁回到自己的出租屋，躺在床上度过最后一天假期，然后回去上班，没有任何人会发现他的异常；他也可以给朋友打电话，等待他人将他从这种无法解释的困境中解救出来；或者干脆从窗户跳下去，延续昨晚临时起意的自杀行为，也许这才是终极方案……可能性如此之多，以至于他只能躺在床上一动不动，好像只要稍微移动，就会破坏那种由各种可能性组成的和谐的整体。要一直等到他不再去设想可能性的包围时，他才能活动四肢，他起床用卫生纸清理了自己的呕吐物，那块地板现在显得过于干净，为了破除那块地板与其他地板的区分，他又用毛巾把房间里的地板全部擦洗了一遍。做完这些，苏定方又饿了，动物性永远制约着他，他想到可以点外卖，又想起手机一旦打开便会暴露自己的地理位置，说不上为什么，他觉得自己应该先躲藏起来，以便弄清楚事情的来龙去脉，于是他决定去前台和服务员商量一下就餐的问题，他可以付钱叫他们多做一份，顺便再交一个月的房费。听明来意后，脸上有胎记的女子打了一通电话，随后就答应了苏定方的需求。

考虑到之后还会频繁见面，女人给他送午饭时，苏定方起意想问问她的名字，却又害怕更多的社会关系会以这个名字为起点扩散开来，所以话在舌头上打了一个转又吞了回去。咀嚼米饭时，他估算出自己的存款至少够在旅馆里居住一年，计算的结果令他感到心安，不过他需要先把存款取出来，因为手机支付有暴露自己的风险。苏定方将旅店里的垃圾袋揣进口袋，走去离旅馆两公里远的自动取款机。取钱时他才发现同一张银行卡一天最多只能取两万块，好在他有两张卡，他提着装有四万块钱的塑料袋去旁边的超市买了牙刷、牙膏、洗发精、洗衣粉、刮胡刀、毛巾、肥皂、胶带、剪刀和两套换洗的衣服。

结账的队伍里闪出一个熟悉的侧脸，他认出那是坐在他斜对面、同他隔着三个工位的同事赵小姐。他将拉链往脖子上拉了拉，戴上外套的帽子，想到这样可能会更加惹人注意，又把帽子放了下来。他想起共事三年以来他和赵小姐在线下说过的唯一一句话，那天晚上下班后，他和赵小姐同行了一小段路，打过招呼后，他们无话可说，就在沉默中走各自的路，他猜对方和他一样想要加快脚步逃离尴尬的现场，等红绿灯时，一个司机在他们看不见的地方不停摁喇叭，为了缓解这一噪音带来的紧张气氛,他近乎失态地告诉赵小姐昨晚他失眠了,现在精神有些恍惚,感觉这鸣笛声传自遥远的海港,没想到赵小姐说她昨晚也失眠了,而且她刚才也想到了轮船,说完他们又沉默地并行了十几秒,然后相视一笑,那一刻,他几乎可以认定,他们刚才真的一齐看见了海。这一回忆令苏定方忽然对赵小姐以及由她所象征的过往的生活升起了一股无法抑制的柔情,他抬起头紧紧注视着赵小姐不时隐没在队伍之中的消瘦身影,像是想要通过这种方式引起对方的注意,他已经下了这样的决心:只要赵小姐看见他,同他打声招呼,他明天就回公司上班,一直工作到死。尽管赵小姐结完账后真的回看了一眼,却并未将他从抽象的人群中打捞出来,她埋着头,走得很坚定,仿佛每一步都在确认人生的意义。

现在什么也不缺了,回到旅馆后,苏定方在房间里踱步,思考接下来该做什么。手机肯定是不能再打开了,房间里配有一台国产电视机,但他肯定也不能跑到这里来看电视,尽管他已经有了打开电视机的冲动,为了抑制这种冲动,他卸下遥控器的电池扔进垃圾桶。接着他又打开钱包,抽出身份证、社保卡、公交卡、两张银行卡和四百块现金,他把这四百块和另外三万多块放在一起数了一遍,然后找出剪刀将五张卡一一剪断,这是他买剪刀时就已想好的,他要切断自己的后路。他躺在床上，等前台的女人来送晚饭，他还没有习惯这无处不在的时间，于是又起身在房间里来回走动，有好几次他都被无意间瞥见的镜中人吓到，对视后才意识到那是自己的镜像，所以他拿胶带用白色浴巾裹住了镜面，房间里便再也没有任何可以延伸和繁殖的空间了。他再次躺到床上，平静地欣赏着这个完美的茧，外面的光正一点点沉下去，像是有人躲在窗帘后面将窗外的背景缓缓调暗，早上起床看了一眼窗户外面那栋人影憧憧的暗红色居民楼后，他就决定不再拉开窗帘。

女人送完晚饭本来可以直接下楼，却在门口逗留了片刻，她的上半身很随意地倚在门框上，脑袋微微抬起，像在展示脖子上那三颗正好可以连成一个直角三角形的痣。也许她对我产生了一点兴趣，想要知道我究竟在房间里做些什么，这一假设加强了苏定方的勇气，他开口问她怎么还没有去休息，不是昨天晚上就开始工作了。女人用带着南方口音的普通话笑着说她已经睡了一下午，说完又带着没有任何消退迹象的笑意转身离开，门合上的一瞬间，苏定方跌倒一般扑到床上，用被子蒙住自己的头，拿英语、普通话和黄安方言里的各种脏话辱骂那个女人，时间大约持续了三分钟。为了尽快平息自己，他开始分析自己的心理：这是他的无能在作祟，就像他之前无数次做过的那样,用脏话玷污美进而破除对美的占有欲。他查过资料,这种症状似乎被称为抽动秽语综合征,现代医学已经为他身上的每一种疾病取好了名字,但他拒绝这种命名,不承认这是疾病,而是他为了内心平静发明的自我平衡术,毕竟除了他自己,没有人会因为他的咒骂而受伤。

这次发作令苏定方胃口全无,但他还是打开一次性餐盒,吃了起来,鸡腿和西红柿炒鸡蛋都有点咸,他拿热水壶烧水喝,烧到一半,壶自动跳闸了,他拔掉插头,拿纸巾擦干底座上的水渍,重新通上电,结果电源键还是不亮,这意味着他必须去找前台换壶,也就是说,他有了一件待办的事项。这使他意识到生活就像解数学题,只要写好了最开始的"设",剩下的便只消一步步往下推演,直到算出最后的答案:"死"。而活着的人是意识不到死亡的,或者说正因为忘掉了终有一死,人才能活下去。

这一夜苏定方做了很多梦,但一个也没记住,接下来的夜晚他的梦做得越来越少,直到无梦可做。夜晚与白昼的区分变得越来越弱,时间也不再切分为小时和分钟,他因而活在一种原始的混沌之中,凭借日照的强度和饥饿的程度来判断早晚。他不清楚自己在旅店待了多久,只是从气温的下降推测出冬天已经来了。暖气的到来使他多了一项夜间活动,他蹲在地上紧贴着暖气片倾听水流的声音，想象自己回到了童年的松树山上。父亲在做什么呢？他一定已经放弃了对儿子的搜寻吧。如果他重回社会，他要怎样面对那些熟人呢？也许还是只有设法死在旅馆才能终结这场闹剧。但他没有了赴死的勇气，那种念头似乎是活在正常社会里的人才会有的，对于一个只有自己还知道自己活着的人而言，他问自己他难道不是已经死了吗。有时他又兴奋不已，高兴得大声吼叫起来，为自己一个人以这种方式生活了这么久而感到惊奇，是的，他谁也不需要，却依然可以活得很好。总之，时间越久，他越感到自己无法离开这家旅店。

那个挂着职业性微笑的清洁工一开始每天上午十一点准时来打扫卫生，但房间已经被苏定方收拾得很干净，她只需要把垃圾袋带走，后来她干脆留下了好几卷垃圾袋和卫生纸，每周只进来做一次清洁，换一次被单。苏定方察觉到清洁工环顾房间的眼神里充满了不解，事实上她似乎问过他一个人住在旅馆做什么，但他忘了自己是怎么回答的。他想，也许旅店的工作人员已将他当成了逃犯，甚至还去网上搜过他的名字，但他用的是方东树的身份证，所以他暂时是安全的。为了减少和他们的接触，他预存了一年的房费和伙食费，并要求前台的女人直接将饭菜放在门口。他早已克制住了对那个胎记女子不切实际的迷恋，决定只把她看成人,而不是女人。现在他一天只吃一顿,因为很显然,他已经不需要吃那么多了,有时他打开门看到门口放着两份饭菜,才知道自己头天又忘了进食。

夜深人静时,苏定方悄悄走出房门,把耳朵贴在其他房客的门上倾听里面发生的一切,这是他新发明的消遣,这个游戏唯一需要注意的是留神楼道口和房间里的动静,一旦听到脚步声逼近,他就立刻退到过道中央,假装往自己的房间走。好在这样的时刻不多,偶尔遇上的几次他都装得很像,他发现自己很擅长这种表演,有时警报已经解除,他还会忍不住在过道里走上几个来回,假装在找东西。他就这样找到了一些钥匙、硬币、皮筋、避孕套、脚趾甲、长头发和一条钛钢的十字架项链,他把它们按金属、橡皮和角蛋白三类摆在三个不同的抽屉里。偷听来的声音里令他印象最深的是吵架和性交,他发现这两种声音的性质很相似,音量都是由小及大并饱含痛苦,这意味着性交也是一种暴力。而这一结论可以用来解释为什么很多小时候目睹过父母做爱的人会留下心理阴影,小孩看到的分明是两头野兽在纠缠、搏斗、互相压制,这个小人不能理解为什么平日里看着和蔼可亲的大人会忽然变得如此残暴,想要致对方于死地,也许人类发明爱情不过是为了遮掩这种低劣的动物本能。他开始越来越反感那些呻吟声，甚至开始同情那些在性交者身下吱嘎作响的床，那些树木走了那么远的路，肯定没有想过它们未来有一天需要反复承受人类的交媾。他对偷听失去了兴趣，而借助这些分析和想象，他也渐渐摆脱了性欲的压迫，不再将勃起与进入联系起来，他感到自己从未像现在这样干净过。他想他正在体验一种全新的人生，借由这种体验，他拓展了人的边界。

适应了这种生活的苏定方意识到也许人终究可以适应任何一种活法，因为他能承受的痛苦是有限度的，一旦到达某个点，他就会自动进入全身麻木的状态，以此保存肌体的完整。不过，尽管足不出户，大约一年之后，苏定方还是察觉到了旅馆的萧条，两边的房间很久没有传出动静了，走廊里的脚步声也变得越来越稀少，做清洁的阿姨也不见了，代替她的是之前领他进店的跛脚女人，她应该没有认出苏定方，更不可能知道，她在他的人生中扮演了一个如此重要的领路人角色。

一个从噩梦中醒来的清晨，苏定方在意识脱缰的状态中第一次拉开了窗帘，在适应了那种带有压迫感的光亮后，他才发现对面那栋暗红色的居民楼已被拆得精光，前阵子他不时听到墙壁轰然倒塌的声音，还以为是自己的幻听。他不禁问自己有没有可能这家旅馆早就人去楼空，只剩他一人还住在这里，他越想越是觉得这种可能性在不断变大，他从衣柜里取出已经发霉的外套，将没有花完的四千块钱揣进兜里，朝楼下走去，楼梯间和前台都没有人，但门外传来隐约的交谈声。他推开玻璃大门，看见一群正在议论的人冲着墙壁围成了一个半圆，他花了很长时间才重新适应身体完全暴露在空气之中的感觉。他注意到前台的那个年轻女人从一堆后脑勺里变脸般地回头迅速看了苏定方一眼，又将眼睛重新投回墙上的拆迁通知单。这种冷漠刺痛了他，他还以为他的重新出现会引起骚动。

于是，苏定方失魂落魄地转身走入一年前跟着跛脚女人走进来的那条小巷，那些迎面走来的人看上去都像是要往他身上扑，他挨着墙根畏缩着走出巷子，沿着主路走了没多久便看到军事博物馆地铁站，他迷迷糊糊地站到自动扶梯上，看到人们像机器人一样站在扶梯一侧，将另一侧让给那些运行速度更快的机器人，他跟着排队的人群买了一张单程票，沿着指示牌挤进地铁，各种颜色、声音、气味、触碰不知羞耻地向他涌来，他不得不闭上眼睛，并尝试关闭其他器官，在这种半梦半醒的状态下，他尾随换乘站下车的人走出地铁，等到他穿过地下通道走上另一列地铁时，他才部分恢复了思考的能力，进而意识到这是回出租屋的线路，不过他还能回到过去吗，他的工位早就适应了另外一个臀部吧，留在出租屋里的东西现在在哪儿呢，这里面有一系列互相嵌套的问题，他不敢细想，便拼命暗示自己将注意力集中于当下，只为下一秒而活，他把手伸进口袋，摸到了那一叠钱，钞票使他忽然有了恶作剧的灵感，地铁在金台夕照站开门后，他挤到门口假装要下车，关门的警报声响起时，他掏出那四千块钱奋力抛向站台，他看到那些像冥币一样在空中飞舞的钞票飘过人们的头顶，而那些眼睛在惊讶中迅速认出了这些红色纸张的价值，乱作一团在地上哄抢，可惜列车开得太快，他来不及欣赏更多细节，车厢里有两个人发现了他的奇怪举动，朝他抛来不解的神情，他用挑衅的目光死死盯住他们，像是准备以这种暴力的方式恢复与他者的联系，但他们很快又将目光投回自己的手机，所以他只好低下头，望着自己的脚，仿佛期待双脚能够自动辨别出该走的方向，这时他看到地上有一顶带着脚印的黑色帽子，等乘客的密度变小后，他走过去捡起帽子，起身时地铁门正好开了，他便走了下去，反复拍打过后，那顶漂亮的巴拿马帽子终于恢复了原先的形状，接着他有点意外地发现它正好可以嵌在自己的头上，也就是说，这个世界上有一个女人长了一颗和他大小相等的头，他感到心满意足，近乎愉悦地朝地面继续走去，心底忽又升起了那种以往走在阳光灿烂的大街上经常会感受到的暖洋洋的幻觉：我们所有人将手挽着手走向美好的明天。

2019 年

图书在版编目（CIP）数据

光从哪里来 / 远子著 .-- 上海：上海文艺出版社，2024.1
ISBN 978-7-5321-8875-8

I.①光… II.①远… III.①短篇小说—小说集—中国—当代
IV.① I247.7

中国国家版本馆 CIP 数据核字（2023）第 197052 号

发 行 人：毕　胜
责任编辑：肖海鸥
特约编辑：任绪军
书籍设计：左　旋
内文制作：重庆樾诚文化传媒有限公司

书　　名：光从哪里来
作　　者：远　子
出　　版：上海世纪出版集团　上海文艺出版社
地　　址：上海市闵行区号景路 159 弄 A 座 2 楼 201101
发　　行：上海文艺出版社发行中心发行
　　　　　上海市闵行区号景路 159 弄 A 座 2 楼 206 室 201101
　　　　　www.ewen.co
印　　刷：上海盛通时代印刷有限公司
开　　本：1092×787　1/32
印　　张：7.125
字　　数：121 千字
印　　次：2024 年 2 月第 1 版　2024 年 2 月第 1 次印刷
Ｉ Ｓ Ｂ Ｎ：978-7-5321-8875-8/I.6993
定　　价：58.00 元
告 读 者：如发现本书有质量问题请与印刷厂质量科联系
　　　　　T：021-37910000

一个在语言中发现了诡计的人

怎样才能恢复对词语的信任?

一个原谅了魔鬼的人,又要怎样

勉励他人举起火把?

————————————————

悬而未决的雾,在水上越结越厚

不同树种的叶子,在同一阵冷风中

晃动,像是在暗中等待

某个更为重要的时刻

《有福之人》发表于《小说界》2020 年第 1 期
后被《中华文学选刊》2020 年第 4 期转载

《地下的天空》发表于《花城》2020 年第 4 期

《倒水河》发表于《小说界》2021 年第 2 期
原题"往事岂能如烟"

《冬眠》发表于《城市画报》2022 年 3 月刊